AF235545

Im Familiengericht mit einem Narzissten
Russisches Roulette in deutschen Behörden
Caja Hiller

CAJA
HILLER

IM
FAMILIEN
GERICHT
MIT
EINEM
NARZI§§TEN

Russisches Roulette
in deutschen Behörden

© 2020 Hiller, Caja
Herstellung und Verlag: BoD – Books on Demand, Norderstedt
In de Tarpen 42
22848 Norderstedt

ISBN: 9783752623994

Alle Rechte, einschließlich das des vollständigen oder auszugsweisen
Nachdrucks in jeglicher Form, sind vorbehalten.

Lektorat: www.lichtblicktext.de

Covergestaltung: © missuppercover.com | Andrea Janas
unter Verwendung von Motiven von shutterstock/felicia.design
und freepik

Satz & Layout: Laura Newman – design.lauranewman.de

Bibliografische Information der Deutschen Nationalbibliothek: Die
Deutsche Nationalbibliothek verzeichnet diese Publikation in der
Deutschen Nationalbibliografie; detaillierte bibliografische Daten
sind im Internet über dnb.dnb.de abrufbar.

Für Lina und Ella
Die stärksten Mädchen der Welt

Für Mats
Für meine Freundinnen
Danke

1.

Heirate mich – Dann lieb ich dich – Nicht

Ich liege auf dem Boden, mein Freund Mike hat sich breit und schwer über mich gebeugt. Mit beiden Händen schnürt er mir die Kehle zu. Gleich ist es vorbei, schießt es mir durch den Kopf. Mit der rechten Hand taste ich im Radius meines Armes, um irgendetwas zu finden, das ich greifen kann. Ich halte das schnurlose Telefon in der Hand und werfe es hinter mich, so kräftig ich kann. Das Telefon fliegt gegen die Wand, der Akku fällt scheppernd heraus. Durch das Geräusch erschreckt, hält Mike inne, seine Hände lockern sich. Ich kann Luft holen und schreie um Hilfe.

Im gleichen Moment klingelt es an der Tür und ich höre die Polizei rufen und gegen die Tür klopfen. Offenbar waren die Nachbarn bereits durch Mikes lautes Gebrüll aufmerksam geworden und hatten die Polizei verständigt. Mike lässt von mir ab, steht auf und läuft wutentbrannt zur Tür. Zwei Polizisten, ein Mann und eine Frau, stehen im Hausflur. Der männliche Polizist bittet Mike um seinen Ausweis, die weibliche Polizistin gibt mir ein Zeichen, dass ich in den Hausflur zu ihr kommen soll. Ich habe Angst. Mike tobt, er empfindet es anmaßend, dass die Polizisten seinen Ausweis sehen möchten und beginnt eine Diskussion mit dem Polizisten. Die Polizistin fragt mich, ob alles in Ordnung sei, ob Mike mich angegriffen habe. Ich verneine, ich sage, dass alles gut sei, Mike nur etwas zu viel getrunken habe, wir jetzt ins Bett gehen und ich in Mikes Wohnung bleiben möchte.

Anstatt mich zu schützen, schütze ich Mike, weil ich peinlich berührt bin von dieser Situation und mir nur wünsche, dass sie schnell vorbei ist. Die Polizisten nehmen Mikes Daten auf und verabschieden sich.

Zu diesem Zeitpunkt haben Mike und ich gerade unseren ersten gemeinsamen Mietvertrag unterschrieben. Unsere Beziehung ist ein halbes Jahr alt, meine Studentenwohnung 350 Kilometer südlich meiner Heimatstadt gekündigt und unser Umzug steht in wenigen Wochen bevor.

Ich kann nicht damit umgehen, was passiert ist. Ich fühle, dass es nicht richtig ist, mit diesem Mann zusammenzuziehen. Ich bin verzweifelt und traurig und sehe keine Lösung, weil es mir unmöglich erscheint, den unterschriebenen Mietvertrag rückgängig zu machen und meiner Familie und meinen Freunden zu sagen, dass ich mich getrennt habe und ohne Wohnung dastehe. Ich will diesen Vorfall ungeschehen machen, will nicht mehr darüber nachdenken, alles soll wie vorher sein. Ich hatte doch gerade meine Zukunft geplant: Ich stehe in den letzten Zügen meines Studiums. Um möglichst schnell mit Mike in einer Stadt zu wohnen, habe ich mich entschieden, meine Diplomarbeit in meiner und seiner Heimatstadt zu schreiben und für die anstehenden Diplom-Prüfungen noch einmal in meine Studentenstadt zu pendeln. Ich habe eine Arbeitsstelle gefunden auf einem Gebiet, das mich schon lange interessiert. Und nun haben wir eine traumhafte Wohnung mit vier Zimmern in unserem Wunsch-Stadtteil gefunden. Alles ist perfekt. Das darf keine Seifenblase sein! Ich möchte an diesem Traum festhalten und habe das Gefühl, nicht mehr wenden zu können.

Die Tür fällt ins Schloss, Mike tobt weiter: „Alles nur wegen dir!" Wutentbrannt stapft er ins Schlafzimmer und legt sich ins Bett. Ich gehe hinterher, entschuldige mich bei ihm und schmiege mich an seinen Körper.

Noch wenige Monate zuvor hätte ich niemals geahnt, dass ich mich einmal in einer solchen Situation widerfinde. Mike und ich kannten uns schon lange und das vermittelte mir ein Gefühl von Vertrauen. Kennengelernt haben Mike und ich uns in der Schule. Wir kannten uns vom Sehen, wussten, wie wir heißen, mehr nicht. Wir hatten uns seit dem Abi nicht mehr gesehen, als wir uns an einem Wochenende im September in einer Disco in unserer Heimatstadt zufällig über den Weg liefen. Wir unterhielten uns locker und feierten gemeinsam mit anderen Bekannten die ganze Nacht durch. Am Ende des Abends tauschten wir Telefonnummern aus. So kamen wir wieder in Kontakt. Schrieben uns, telefonierten ab und zu, und wenn ich zu Besuch in unserer Heimatstadt war, trafen wir uns.

Es vergingen drei Monate, in welchen nicht ganz klar war, was aus uns werden würde. Mike war ambivalent, er gab sich nicht besonders viel Mühe, eine Beziehung mit 350 km Distanz zwischen uns am Leben zu erhalten. Ich war diejenige, die den Kontakt aufrecht erhalten musste. Das ablehnende Verhalten von Mike ließ mich scheinbar immer sicherer werden, dass ich eine Beziehung mit Mike führen wollte.

Unbewusst war ich zu dieser Zeit auf der Suche nach einem Zuhause, einer festen Bindung und wollte eine Familie gründen. Mike schien mir da ein geeigneter Partner zu sein, immerhin übernahm er bereits Verantwortung für seinen Hund Billie und konnte sich in Beziehungen so fest binden, dass für ihn gemeinsames Wohnen vorstellbar war. Auch ich habe einen Hund, meine Hündin Lena. Die Hunde waren eine Schnittstelle zwischen uns und ich war froh, jemanden gefunden zu haben, der mich zusammen mit Lena akzeptierte und meine Liebe zu Hunden teilte.

Die Trennung von seiner Ex-Freundin lag erst wenige Wochen zurück, als wir uns kennenlernten. Billie war der gemeinsame Hund von Mike und seiner Ex-Freundin. Sie hatten gegenseitig Schlüssel für ihre Wohnungen, in welche sie jeweils nach der Trennung gezogen waren, übernahmen die Verantwortung für Billie gemeinsam, sprachen sich ab, es wirkte alles ganz verantwortungsvoll.

Allerdings ändert sich das schnell, denn nur wenige Wochen nach unserer ersten Begegnung sagt Mike zu mir, dass er Billie aus der Wohnung seiner Ex-Freundin holen müsse. Seine Ex-Freundin sei offenbar nicht mehr in der Lage, sich um Billie zu kümmern. Billie verwahrlose bei ihr und die Futternäpfe seien sogar verschimmelt. Ich war überrascht über die plötzliche Wendung, nahm es aber so hin, hatte keinen genaueren Einblick und fragte auch nicht, was seine Ex-Freundin dazu sagte. Unsere Beziehung war noch ganz frisch, ich wollte mich nicht einmischen.

Billie wurde ohnehin viel von Mikes Adoptiveltern betreut und an den Wochenenden, die ich nun immer bei Mike in unserer gemeinsamen Heimatstadt verbrachte, kümmerte ich mich um Billie, denn schnell bemerkte ich, dass Mike es mit den regelmäßigen Spaziergängen und einem nicht zu häufigen Alleinlassen nicht so eng sah. Ich hatte meine Hündin Lena ohnehin bei mir und so nahm ich Billie einfach mit. Mike kam morgens häufig nicht aus dem Bett und ich erlebte mit, dass Billie in größter Not in die Wohnung pinkelte. Irgendetwas fühlte sich schon damals komisch an: auf der einen Seite der Vorwurf an seine Ex-Freundin, dass sie sich nicht kümmere, auf der anderen Seite das Gefühl, dass Mike ebenfalls nicht wirklich für Billie da war. Aber wir kannten uns noch nicht lange und ich hatte Hemmungen, das anzusprechen.

An Silvester, knapp drei Monate nach unserem ersten Treffen, bekam Billie plötzlich Durchfall und Erbrechen. Wir fuhren mitten in der Nacht in die Tierklink, da innerhalb kürzester Zeit nur noch Blut aus Billie heraus kam. In der Tierklinik wurde schnell deutlich, dass Billie an einem Virus erkrankt war, gegen welches Hunde normalerweise geimpft sind. Mike schimpfte auf seine Ex-Freundin und berichtete mir von einer Absprache, nachdem seine Ex-Freundin sich um die Impfungen für Billie hätte kümmern sollen. Sie hatte es laut seiner Aussage aber aus Geldmangel nicht getan. Mike hatte ihr extra das Geld gegeben, aber seine Ex-Freundin hat es laut Mike einfach zum Shoppen genutzt anstatt für die Impfung. Billies Zustand verschlechtert sich innerhalb von Stunden und die Tierärzte rieten dazu, Billie zu erlösen. Mike rief seine Ex-Freundin in die Klinik und beide entschieden, dass sie Billie erlösen wollten. Der Anblick war kaum auszuhalten: Billie litt sichtlich und lag wimmernd in einer kleinen Box. Die Tierärzte erklärten, dass das Virus die inneren Organe zersetze. Billie wurde erlöst und Mike und seine Ex-Freundin begleiteten ihn in den Tod. Ich wartete dabei vor der Tür. Mikes Ex-Freundin und ich trafen uns hier zum ersten Mal. Wir waren freundlich distanziert zueinander, ich hatte das Gefühl, wir akzeptierten einander. Ehrlich gesagt war sie mir ein bisschen zu hysterisch. Mike und sie hatten sich bei ihrer gemeinsamen Arbeit im Rettungsdienst kennengelernt und ich hatte schon einige Male mit Erstaunen festgestellt, dass Mike als auch seine Kollegen in Notfallsituationen eher aufgeregt und hektisch anstelle von besonnen und konzentriert, so wie ich es irgendwie erwartet hätte, agierten.

Als Mike mich später fragte, ob ich ihn und seine Ex-Freundin in die 200 km entfernte Heimatstadt seiner Ex-Freundin begleiten wolle, um Billie im Garten ihrer Mutter zu begraben, fühlte ich mich geschmeichelt und hatte das Gefühl, dass Mike endlich voll und ganz zu mir und unserer Beziehung stehen würde. Dass es in irgendeiner Weise unangebracht sein könnte, zu seiner Ex-Freundin nach Hause zu fahren und die zwei mit ihrer Trauer nicht alleine zu lassen, kam mir nicht in den Sinn, zu groß schien mir der Vertrauensbeweis von Mike.

Nach dem Tod von Billie war Mike am Boden zerstört und klammerte sich regelrecht an mich. Er wollte nicht mehr alleine sein und unsere Beziehung bekam eine ganz andere Dynamik. Hatte Mike mich bisher immer eher auf Abstand gehalten, veränderte sich sein Verhalten fast in ein Klammern. Mike hörte gar nicht auf damit, mir zu erzählen, wie froh er sei, mich getroffen zu haben. Durch den Tod von Billie sei ihm bewusst geworden, was für eine schreckliche Beziehung er vor mir geführt habe. Eigentlich hätte er seine Ex-Freundin nie wirklich geliebt, aber er hätte einfach nicht alleine sein wollen. Auch das Zusammenziehen mit seiner Ex-Freundin wäre nie sein eigener Wunsch gewesen. Seine Ex-Freundin hätte ihn dazu gedrängt und er habe sich darauf eingelassen. Glücklich wäre er nie gewesen. Auch der Sex wäre schrecklich gewesen und ihr Wunsch nach Kindern für Mike der reinste Horror. Nun sei ich in seinem Leben und endlich erkenne er, was wahre Liebe sei und wie eine Beziehung wirklich sein könne.

Mike wollte die Beziehung zu seiner Ex-Freundin ganz hinter sich lassen und endlich auch die letzten Dinge aus der gemeinsamen Wohnung aufteilen. Der DVD-Player aus der gemeinsamen Wohnung gehört ihm, aber seine Ex-Freundin behielt ihn einfach ein. Das ärgerte Mike und es verging kaum ein Tag, an dem er nicht voller Wut auf seine Ex-Freundin schimpfte.

Er kündigte an, sich darum jetzt zu kümmern. Ein Wochenende später besuchte ich ihn und da stand der DVD-Player auch tatsächlich in Mikes Wohnung. Ich fragte überrascht, ob seine Ex-Freundin da gewesen war und ihm seine Sachen gebracht habe. Mike wirkte ertappt, sein Gesicht bekam von jetzt auf gleich einen vollkommen anderen Ausdruck, fast sauer wirkte er auf mich. Erschrocken fragte ich mich, was ich getan hatte. Schnell versicherte ich ihm, dass ich mich freute, es schien ja, dass er und seine Ex-Freundin nun alles geklärt hatten, so wie er es sich vorgenommen hatte. Mike schnauzte mich an, dass seine Ex-Freundin nicht in seiner Wohnung gewesen sei und erzählte mir innerhalb von wenigen Minuten drei unterschiedliche Versionen darüber, wie der DVD-Player zu ihm gekommen war. Die letzte Version war die, dass die ehemalige Nachbarin ihm den DVD-Player unten vor der Haustür aus dem Auto gereicht habe. Ich verstand zwar nicht, warum Mike so wütend war, versuchte aber, das Thema so schnell wie möglich zu beenden, ich hatte ein komisches Gefühl.

Obwohl all diese Vorzeichen mein inneres Alarmsystem hätten aktivieren müssen, denke ich offenbar nicht nach, sondern gehe einfach weiter. Mike und ich ziehen zusammen. Mike freut sich bei dem Auszug aus seiner Wohnung wahnsinnig, dass er die Stadtwerke ausgetrickst hat und in dem Jahr, in dem er dort wohnte, nichts gezahlt hat, weil er sich nie angemeldet hat. Zwei Wochen nach der Wohnungsübergabe bekommt Mike Post von den Stadtwerken. Es fällt ihm alles aus dem Gesicht: Da er nie einen Abschlag gezahlt hat, gedacht hatte, die Stadtwerke hätten nichts gemerkt, soll er nun über 1000 Euro nachzahlen. Mike tobt. „Halsabschneider, Betrüger!" Er möchte die Stadtwerke verklagen, immerhin hat er sich nie angemeldet und daher haben sie in Mikes Augen jetzt kein Recht darauf,

Geld von ihm zu fordern. In seiner Wut ruft Mike seinen Onkel an, der Rechtsanwalt ist. Mike möchte sich bestätigen lassen, dass er im Recht ist. Auch als sein Onkel ihm erklärt, dass die Stadtwerke im Recht sind, da er mit dem Einzug und der Übermittlung der Zählerstände einen Vertrag mit ihnen eingegangen ist, besteht Mike weiterhin darauf, dass er im Recht ist und von den Stadtwerken betrogen wurde. Mike kann die Rechnung auch gar nicht bezahlen und bittet seine Adoptivmutter, ihm das Geld zu geben. Seine Adoptivmutter sagt niemals Nein und bezahlt die Rechnung für Mike. Monatelang kommt Mike nicht darüber hinweg, wie er von den Stadtwerken betrogen wurde und erzählt jedem, der es hören oder auch nicht hören will, dass man bei den Stadtwerken aufpassen muss, ihn hätten sie um 1000 Euro betrogen und das so geschickt, dass er nicht einmal rechtlich gegen sie vorgehen könne. Er erkennt seinen eignen Anteil an der Situation nicht. Ich finde es anstrengend und bin jedes Mal peinlich berührt, wenn er diese Geschichte zum Besten gibt.

Aber egal, wir haben eine tolle Wohnung und ich freue mich, endlich nicht mehr zwischen meiner Studentenstadt und Mike pendeln zu müssen.

Wir beziehen die Wohnung, mit dabei Hündin Lena. Mike möchte auch wieder einen Hund haben. Seit Billies Tod ist nun ein halbes Jahr vergangen und wie der Zufall es will, hat die schwarze Labradorhündin einer Bekannten gerade Welpen. Wir fahren einige Male zu ihr und schnell sucht Mike sich einen kleinen Rüden aus. Er nennt ihn Luke. Wenige Wochen später können wir Luke mit nach Hause nehmen. Es ist toll mit so einem kleinen Welpen, aber auch anstrengend. Wir wohnen in der vierten Etage und Luke ist noch nicht stubenrein. Eigentlich müsste Mike alle zwei Stunden mit ihm runter auf die Straße gehen. Mike findet das anstrengend und ist nicht besonders konsequent. So pinkelt Luke andauernd in die Wohnung. Ich gehe, so oft ich kann, mit ihm runter, aber es immer zu übernehmen, ist auch mir zu viel. Es dauert ewig, bis Luke endlich stubenrein ist. Da Mike sich insgesamt wenig um die Erziehung von Luke kümmert, melde ich mich mit ihm in einer

Hundeschule an. Eigentlich habe ich keine wirkliche Lust, immerhin war es die Entscheidung von Mike, einen Welpen zu kaufen, aber Luke tut mir leid und ich möchte auch, dass er erzogen wird, damit wir gut mit ihm zusammenleben können. Obwohl ich viel übernehme, ist Luke auf Mike fixiert. Mike ist wichtig, dass Luke ihm das Gefühl gibt, dass nur er sein Herrchen ist. Mike kuschelt viel mit ihm auf dem Sofa oder im Bett. Mich stört das und ich hole Luke immer wieder aus dem Bett oder vom Sofa, was seine Sympathie für Mike nur verstärkt. Die Hunde verbinden uns trotzdem sehr. Mike und ich unternehmen wenig zusammen, aber die gemeinsamen Spaziergänge mit Luke und Lena sind regelmäßiger Bestandteil unserer Wochenenden. Bei einem gemeinsamen Waldspaziergang im Frühling klingelt Mikes Handy. Seine Ex-Freundin ist am Telefon. Sie hat die Nebenkostennachzahlung der gemeinsamen Wohnung aus dem Vorjahr bekommen und möchte nachfragen, wie sie die Nachzahlung regeln, da es sich um mehrere hundert Euro handelt. Mike hat nur ein müdes, abfälliges Lachen übrig. Wiegelt sie ab, freut sich, als sie am Telefon ungehalten wird und legt auf. „Psychoschlampe!"so sein Kommentar. Zu mir sagt er, dass es eine ganz klare Absprache gäbe, dass sie die Nebenkosten zahlt, und wenn sie das nicht getan hat, kann er auch nichts dafür, er würde ihr jedenfalls keinen Cent zahlen, soll sie doch sehen, wie sie die Rechnung bezahlt. Ich empfinde diesen Anruf seiner Ex-Freundin auch als unmöglich und fühle mich gleichzeitig sehr gut, da er sich wieder einmal sehr klar gegen seine Ex-Freundin stellt und mir damit ein exklusives Gefühl vermittelt.

Glücklich bin ich trotzdem nicht. Mike ist nicht besonders aufmerksam und liebevoll, seid wir zusammengezogen sind. Ich bin an vielen Stellen irritiert und versuche, mit ihm ins Gespräch zu kommen. Die Versuche scheitern, Mike hat keine Lust, zu reden. Ich schreibe ihm Briefe, um deutlich zu machen, was mich unglücklich macht. Die Folgen von meinen Gesprächsversuchen sind Ignoranz und Kälte. Erstmals mache ich deutlich, dass ich die Beziehung so nicht mehr möchte, dass ich über Trennung nachdenke. Und das, nachdem wir kein Jahr zusammen sind und gerade erst zusammen wohnen. Mike erwacht scheinbar. Auf einmal ist er aufmerksam und gesprächsbereit, macht deutlich, dass er mich, dass er unsere Beziehung unbedingt möchte. Möchte sein Leben mit mir verbringen, möchte mich sogar heiraten. Immer noch fehlt mir die Lösung, doch ich glaube an eine Veränderung. Glaube an eine tiefe Liebe, an eine Verbundenheit zwischen uns und hoffe, dass sich mit einer Hochzeit etwas zwischen uns verändert. Irgendwie ist mein Gefühl auch, dass Mike zwar räumlich immer sehr dicht bei mir ist, aber irgendetwas fehlt mir immer. Ich kann nicht genau benennen, was mir fehlt, aber mit Mike neben mir habe ich ein andauerndes Gefühl der Leere.

Ich möchte Mike trotzdem heiraten und sehr schnell bekommen wir einen Termin beim Standesamt. Unsere Familien sind überrascht über diese schnelle Hochzeit, aber natürlich freuen sie sich und stehen hinter unserer Entscheidung. Wir planen ein Fest, sind einige Wochen glücklich.

Häufig entschuldige ich vor mir Mikes teilweise merkwürdige Verhaltensweisen mit seiner bisherigen Lebensgeschichte, die wirklich keine leichte war. Mike wurde direkt nach seiner Geburt von seiner leiblichen Mutter zur Adoption freigegeben. Doch seine Adoptiveltern trennten sich früh und Mike wuchs zunächst bei seinem Adoptivvater auf. Diese Zeit ist die einzige Zeit seines bisherigen Lebens, welche er immer positiv bewertet. Er und sein Adoptivvater lebten gemeinsam in WGs mit anderen alleinerziehenden Eltern und deren Kindern. Die Erinnerungen an diese Zeit sind positiv besetzt und für Mike verbunden mit einem Gefühl von Freiheit, Liebe und Geborgenheit. Dann verkündete der Adoptivvater, dass er sich selbst finden wolle und für ein Jahr um die Welt reisen würde. Dies muss nach Mikes Erinnerung mit der Einschulung zusammengefallen sein. Er beschreibt es als Verlust und hat in seiner Erinnerung nur seine Oma, die Mutter des Adoptivvaters, bei welcher er Trost fand und bei welcher er die ersten Wochen nach Reiseantritt des Vaters verbrachte. Es folgte der Umzug zur Adoptivmutter und deren neuem Partner. Offenbar verankerte sich in dieser Zeit die Hoffnung, nach der Rückkehr des Vaters wieder zu diesem ziehen zu können. Doch als er zurückkehrte, eröffnete dieser ihm, dass dies nicht gehe. Er habe ebenfalls eine neue Partnerin und beide wollten außerhalb der Stadt ein Haus kaufen. Der Adoptivvater gründete eine neue Familie und Mike bekam zwei Halbschwestern. Es folgte eine schwierige Schullaufbahn mit Empfehlungen zur Sonderschule, Mobbing und Schulwechseln. Dabei blieb er bei seiner Adoptivmutter wohnen, bis diese ihn mit 17 Jahren vor die Tür setzte. In seiner Erinnerung kam dies ohne Vorankündigung. Eines Tages kam er aus der Schule und die Adoptivmutter hatte das Schloss ausgewechselt. Sein Adoptivvater und die neue Frau nahmen ihn auf. Allerdings ging das nur wenige Wochen gut, denn es gab ständig Streit zwischen der neuen Frau, Mike und den neuen Schwestern, welche er während der gesamten Zeit unserer Beziehung nur als „Bastardschwestern" betitelte. So bekam er schon mit 17 Jahren eine eigene Wohnung. An materiellen Dingen mangelt es nie, Adoptivmutter und neuer Mann sorgten und sorgen immer für genug Geld, Urlaube und die hochwertigste Ausstattung. Mike macht sich immer lustig über seine Adoptivmutter, und wenn es bei uns mal knapp ist, sagt er immer „Ach, dann frage ich meine Mutter, mache ich ein bisschen auf gute Beziehung und dann kauft sie mir schon, was ich will. Geld statt Liebe. Hehe."

Mein Fazit ist: Der arme Mann! Kein Wunder, dass er so mit seiner Familie umgeht, was die ihm alles angetan haben, da haben sie es jetzt auch nicht anders verdient. Gut, dass er jetzt bei mir ein emotional stabiles, umsorgendes Zuhause hat."

Die Art und Weise, wie er immer noch über seine Adoptiveltern und besonders die neue Frau des Vaters und die Halbschwestern spricht, erschreckt mich aber auch ab und zu. Gleichzeitig habe ich das Gefühl, dies macht deutlich, wie tief seine Verletzungen sind, es zeigt, wie sehr er gelitten haben muss. Mike malt sich aus, wie er nach dem Tod seines Adoptivvaters auf sein Erbe beharrt und seine Bastardschwestern und die neue Frau dadurch in Schwierigkeiten kommen und er sie so aus dem Haus werfen kann und ihnen das Zuhause nimmt. Wenn seine Adoptivmutter alt ist, möchte er sie in ein

Altenheim umsiedeln und ihre Wohnung mit einem Entrümpelungsunternehmen kahl räumen lassen. Diese immer wiederkehrende Fantasie gibt ihm Genugtuung.

Geld ist immer der wundeste Punkt bei Mike. Wenn seine Adoptiveltern ihm Geld verwehren, dann reagiert er mit größter Wut und Aggression. Er hat kein schlechtes Gewissen, dass seine Eltern ihn immer noch finanzieren, obwohl er bereits über 30 Jahre alt ist. Seine Haltung ist immer: „Das steht mir zu, das sind sie mir schuldig". Auf die Frage, was er macht, wenn sie irgendwann nicht mehr zahlen, antwortet er direkt und sehr bestimmt: „Dann verklage ich sie." Er kommentiert jede Ausgabe seines Adoptivvaters damit, dass er ja anscheinend genug Geld habe und ruhig noch einmal etwas für ihn „abdrücken" kann. Er hat kein Verständnis dafür, dass das Haus des Adoptivvaters neu gedeckt wird oder seine Bastardschwestern Tennisstunden und Reitunterricht bekommen. Das hat er schließlich auch nie von seinem Adoptivvater bekommen. In diesen Momenten wird seine Adoptivmutter in den Himmel gelobt, denn sie zahlt bereitwillig immer alles für ihn. Kontakt läuft über Geld.

Die Adoptivmutter von Mike ist von Beginn unserer Beziehung an sehr distanzlos und möchte immer großen Anteil an unserem Leben nehmen. Einen ersten Höhepunkt erreicht ihre Distanzlosigkeit bei unseren Hochzeitsvorbereitungen. Wir haben kein eigenes Budget, die Hochzeit wird von unseren Eltern gesponsert und die Anzahl der Gäste beschränkt sich auf 50 Personen. Dennoch schreibt Mikes Adoptivmutter ihre eigene Gästeliste. Mike regt sich tierisch auf, schafft es aber nicht, ihr seinen Ärger deutlich zu machen. Zwischen Mike und seiner Adoptivmutter gibt es Uneinigkeiten darüber, wer zur Familie gehört und welche Personen wichtig sind. So betitelt er den Vater des Freundes seiner Adoptivmutter als fremden Mann und möchte nicht, dass dieser auf unserer Hochzeit auftaucht. Seine Adoptivmutter hingegen bezeichnet ihn als Opa und sagt, Mike hätte ihn früher ebenfalls als diesen gesehen und anerkannt. Mike geht einem klärenden Gespräch über die Gästeliste unserer Hochzeitsfeier aus dem Weg, stattdessen versucht er die Situation auszusitzen und verstrickt sich gegenüber seiner

Adoptivmutter in Lügen, um nicht offen mit ihr sprechen zu müssen. Irgendwann platzt mir der Kragen, und ich rufe sie an und nehme Mike in Schutz, indem ich ihr deutlich mache, dass es ihm wegen ihrer Übergriffigkeit sehr schlecht geht und sie nun bitte akzeptieren soll, dass er eine andere Vorstellung von Familie hat als sie. Hier treffen zwei vollkommen unterschiedliche Wahrnehmungen und Darstellungen aufeinander. Ich weiß nur, dass ich mich ganz klar für Mike positioniere. Ich versuche immer wieder, ihn zu einem Gespräch mit seiner Adoptivmutter zu ermutigen, doch das blockt er nur ab mit den Worten: „Das bringt eh nichts, das habe ich nun Jahrzehnte lang versucht."

Auch als die neue Frau seines Adoptivvaters ankündigte, nicht zu unserer Hochzeit zu kommen, weil Mike ihr jahrelang das Leben zur Hölle gemacht habe, versuche ich zu vermitteln und schreibe einen Brief an sie und appelliere, dass inzwischen alle erwachsen sind und so eine Hochzeit doch ein schöner Zeitpunkt für einen Neuanfang sei. Sie bleibt bei ihrer Entscheidung und Mike tut mir abermals leid, offenbar ist er in einem Umfeld von unreifen Erwachsenen aufgewachsen. Ich denke immer nur: Egal was er als Kind gemacht hat, er war ein Kind und sie waren erwachsen, da sollte man doch über den Dingen stehen.

Die Hochzeit wird trotz aller Aufregung im Vorfeld um die Organisation sehr schön, an einigen Stellen scheint Mike sehr überfordert und auch an diesem Tag gibt es viele Situationen, an denen ich mich alleine fühle. Aber ich bin glücklich, auch wenn das vielleicht nur eine Illusion ist.

Nach knapp 1,5 Jahren Beziehung sind wir nun Mann und Frau. Ich trage einen Doppelnamen, denn als ich vor der Hochzeit über Namensführung sprechen wollte, war Mikes knapper Kommentar: „Mach, was du willst, ich behalte meinen Namen."

Ziemlich genau neun Monate nach unserer Hochzeit bin ich schwanger. So richtig über Kinder gesprochen hatten wir nicht. Für mich ist klar, dass ich Kinder möchte, Mike äußert sich nicht direkt. Dementsprechend ist die Schwangerschaft von uns beiden nicht geplant, ich freue mich dennoch sehr. Mike ist überfordert. Er möchte mich nicht zum Arzt begleiten und weicht jedem Gespräch über die Schwangerschaft aus.

Ich habe gerade meinen Uniabschluss gemacht und möchte ins Berufsleben starten.

Mike hat gerade sein Humanmedizin-Studium abgebrochen und hängt in der Luft. Nachdem er nie wirklich für Prüfungen gelernt hatte und bei einer Prüfung auch den dritten Versuch nicht bestand, wurde er von der Uni exmatrikuliert. Für ihn absolut unverständlich. Er hatte eine Krankmeldung und fühlt sich vollkommen im Recht. Mike will die Uni verklagen und blendet seinen Anteil an der Exmatrikulation vollkommen aus und das, nachdem er nach sechs Semestern kaum eine Prüfung bestanden hat, geschweige denn in absehbarer Zeit das Physikum hätte machen können. Er fühlt sich ungerecht behandelt und als Opfer der Willkür der Uni. Nach diversen Gesprächen mit Rechtsanwälten und der Uni wird klar, dass es keinen Sinn macht, er muss die Exmatrikulation akzeptieren. Nun fährt Mike weiter auf Honorarbasis Rettungswagen und ist mit seiner beruflichen Situation unzufrieden. Er bemüht sich um eine feste Stelle im Rettungsdienst. Ihm wird immer wieder eine feste Stelle in Aussicht gestellt, doch am Ende bekommen immer andere den Job. Es bleibt bei seiner Honorartätigkeit. Ich ermutige ihn, sich für einen Studienplatz zu bewerben und sichere ihm zu, ihn finanziell während des Studiums zu unterstützen. Mike bewirbt sich um einen Studienplatz in Veterinärmedizin.

Meine Schwangerschaft begleitet Mike mit wenig Anteilnahme. Zum ersten Besuch beim Frauenarzt fährt mich meine Freundin. Voller Aufregung sitzen wir beim Arzt, als dieser mit dem Ultraschall den Herzschlag erfasst und meiner Freundin und mir ein paar Tränen der Rührung über die Wange laufen. Mike verpasst diesen Moment. Mike sagt mir, dass ihn das emotional alles überfordert, weil er im Rettungsdienst einfach zu viele Kinder hat sterben sehen und deshalb nicht richtig Anteil nehmen kann.

Ich bin im vierten Monat schwanger und wir fahren mit dem Auto zu einer Geburtstagsfeier seines Freundes. Wir feiern ausgiebig und fahren erst am späten Abend zurück. Mike ist ziemlich betrunken und sitzt neben mir im Auto. Die gesamte Rückfahrt über macht er mich nieder. Er ist total aggressiv und egal was ich tue, er fühlt sich nur noch weiter provoziert. Wenn ich nicht mehr auf ihn eingehe und versuche, einfach zu schweigen, dreht er richtig auf und wirft mir vor, ihn zu ignorieren. Wenn ich auf ihn eingehe, ist alles, was ich sage, falsch und mir wird jedes Wort im Mund umgedreht. Ich fühle mich regelrecht mental vergewaltigt, weil ich nicht aus dieser Situation rauskomme und merke, es wird eskalieren, und ich kann nichts dagegen tun. Kurz bevor wir zu Hause ankommen, reicht es mir und ich sage ihm, dass er sofort aufhören soll, mich so zu beschimpfen, sonst würde ich aussteigen und er könne sehen, wie er das Auto nach Hause bekommt. Er wird immer aggressiver und ich nehme den nächsten Parkplatz und parke das Auto. Bis zu unserer Wohnung sind es nur wenige hundert Meter, aber ich möchte so schnell wie möglich aus dieser Situation heraus. Mein Handy und mein Schlüssel sind im Handschuhfach. Ich greife über Mike hinüber in das Handschuhfach, Mike donnert es mit voller Kraft wieder zu. Meine Hand ist zusammengequetscht im Handschuhfach und er bedroht mich, nimmt meinen Kopf zwischen seine Hände, während er das Handschuhfach mit meiner Hand mit seinem Knie weiter fest zudrückt. Er beschimpft mich als billige Schlampe und deutet an, mir eine Kopfnuss zu geben. Ich bin gefangen. Irgendwann lässt er ab und steigt wutentbrannt aus dem Auto aus. Ich zittere am ganzen Körper und rufe meine Eltern an. Nur wenige Minuten später kommen meine Eltern mit dem Auto zum Parkplatz und sammeln mich ein. Mike kommentiert es laut: „Diese blöde Schlampe könnt ihr ruhig mitnehmen!".

Schlaflos liege ich bei meinen Eltern im Gästezimmer im Bett und bin verzweifelt. Wieder habe ich die Gedanken, dass ich nicht mehr zurück kann. Ich bin schwanger und habe das Gefühl, mich in einer ausweglosen Situation zu befinden. In keinem Fall möchte ich mich trennen und das Kind alleine bekommen.

Voller Reue entschuldigt sich Mike am nächsten Tag und gelobt Besserung, wenn ich nur wieder zurück käme. Er würde alles für mich und unser Baby tun, er liebe uns so sehr und wäre einfach nur dumm gewesen.

Ich bin erleichtert und freue mich über Mikes Einsicht. Ich glaube fest daran, dass jetzt alles gut wird. Ich will es auch glauben. Wir könnten ein Haus kaufen und alles verändern, dann würden wir bestimmt endlich glücklich werden.

Durch ein Beschäftigungsverbot wegen der Schwangerschaft habe ich viel Zeit, muss nicht arbeiten und kann mich voll und ganz auf die Schwangerschaft konzentrieren. Insgesamt ist Mike mit allem einverstanden, was ich mir vorstelle, er will sich nicht mit Schwangerschaft und Geburt befassen. Ich schaue mir das Geburtshaus in unserer Stadt an und entscheide, dass ich unser Baby dort bekommen möchte und nicht in einem Krankenhaus. Die Geburtshaus-Hebamme hat noch Kapazitäten und betreut mich auch in der Schwangerschaft, so dass ich kaum zum Arzt gehen muss. Mike ist damit einverstanden, merkt aber häufig an, dass er im Rettungsdienst viele Komplikationen bei Geburten erlebt und möchte, dass wir uns zusätzlich in einem Krankenhaus mit intensivmedizinischer Neugeborenen-Station anmelden. Mir gibt Mikes Einstellung Sicherheit. Er kennt sich mit Notfallsituationen aus und wird bei der Geburt bestimmt einen kühlen Kopf bewahren und mich gut unterstützen.

Ich beginne, Namenslisten zu machen und versuche, mich mit Mike auszutauschen und gemeinsam über Namen nachzudenken. Er hat darauf keine Lust. Monatelang findet er alle meine Vorschläge doof, schmettert sie ab, macht keinen einzigen Gegenvorschlag. Irgendwann habe ich auf meiner Liste tatsächlich einen Namen, der ihm gefällt. Er sagt kurz und knapp: „Den finde ich gut, den nehmen wir." Ab diesem Tag gibt es keine Gespräche mehr über die Namensfindung unserer Tochter, der Name ist gesetzt.

In der Nacht zum Geburtstermin platzt meine Fruchtblase. Ich freue mich, warte ich doch schon neun Monate lang sehnsüchtig darauf, den kleinen Menschen in mir endlich anschauen zu können. Ich fühle mich sicher, fühle mich gut mit mir. Ich hole Handtücher aus dem Schrank und werfe sie auf die große Pfütze am Boden und wickel mir ein Handtuch zwischen die

Beine. Mike sitzt noch vor dem Fernseher und ich rufe ihn ins Schlafzimmer, denn mit dem Handtuch zwischen den Beinen lässt es sich nicht mehr so gut gehen. Mike sieht die Handtücher und die Pfütze am Boden und wird panisch. Voller Hektik und ohne mit mir zu sprechen, greift er zu seinem Handy und ruft meine Eltern an. Er sagt meiner Mutter, dass die Geburt losgeht und er Lena und Luke vorbeibringt, damit wir ins Geburtshaus fahren können. Dann stürmt er mit den beiden Hunden im Schlepptau aus der Wohnung. Ich bin vollkommen überrumpelt. Ich hätte gerne einen kurzen Moment mit Mike gehabt, hätte mir gewünscht, dass er sich kurz zu mir ins Bett legt und wir besprechen, wie es mir geht und wie wir vorgehen. Nun liege ich alleine im Bett und bin vollkommen überrumpelt von Mikes Reaktion. Ich rufe meine Hebamme an und sie sagt, wenn ich keine Wehen habe und es mir gut gehe, könnte ich mich einfach noch einmal hinlegen und am nächsten Morgen ins Geburtshaus kommen, der Kopf liege bereits seit einigen Tagen fest im Becken und alles sei unauffällig. Eine knappe Stunde später kommt Mike zurück nach Hause. Ich berichte ihm vom Telefonat mit der Hebamme. Mike legt sich neben mich und schläft sofort schnarchend ein, ohne weiter auf mich einzugehen. Richtig in den Schlaf komme ich nicht. Ich habe immer mal wieder Wehen. Regelmäßig werden sie nicht. Ich bin verunsichert und verliere die Verbindung zu mir und meinem Körper. Die Wehen werden stärker, sind aber nicht regelmäßig. Morgens um 6:00 Uhr rufe ich meine Hebamme noch einmal an und sage, dass ich denke ich müsste doch schon vor der vereinbarten Zeit kommen. Ich wecke Mike und wir fahren zusammen los ins Geburtshaus.

Im Geburtshaus angekommen habe ich bereits kräftige Wehen. Meine Hebamme hat an diesem Tag keinen Dienst, aber ihre Kollegin begrüßt uns freundlich, untersucht mich und zeigt uns dann, wo wir uns ausbreiten können. Dann lässt sie uns alleine. Mike weiß nicht so recht etwas mit sich anzufangen und sitzt fast regungslos im Stuhl neben mir. Ich bitte ihn einige Male darum aufzustehen, damit ich mich an ihm stützen kann. Ich habe das Gefühl ich brauche ihn, weil ich nicht mehr weiß, welche Position während der Wehen Entlastung bringt. Mike motzt mich an. Er ist total kaputt von der schlechten Nacht und möchte sitzenbleiben, ich solle mich woanders abstützen. Das verletzt mich, aber die Wehen lassen es nicht zu, dass ich mir darüber lange Gedanken machen kann. Die Geburt kommt ins Stocken. Meine Hebamme schlägt vor, dass ich in die Badewanne gehe, was ich auch tue und was mir tatsächlich sehr gut tut. Mike geht währenddessen raus zum Rauchen und Telefonieren. Als er wieder reinkommt, hat er ein verweintes Gesicht. Er sagt mir, dass er mit seinem Freund und seinem Adoptivvater telefonieren musste, weil ihn hier keiner unterstützen würde. Es dauere ihm alles zu lange. Als die Hebamme mich das nächste Mal untersucht, ist mein Muttermund nicht weiter aufgegangen, sondern hat sich sogar wieder verschlossen. Neben Mike wird auch die Hebamme nun nervös und sagt, sie möchte mich gerne ins Krankenhaus verlegen. Mike springt sofort auf als hätte er nur auf dieses Stichwort gewartet und holt unser Auto. Die Hebamme wollte eigentlich noch besprechen, ob sie mich fahren soll und ob sie mitkommen soll. Da steht Mike schon wieder in der Tür, nimmt mich am Arm und führt mich in Richtung Auto. Die Hebamme fährt mit ihrem Auto hinter uns her. Mike nimmt jede rote Ampel mit und hält mit quietschenden Reifen vor der Notaufnahme. Mike rennt rein, holt einen Rollstuhl, hilft mir, aus dem Auto auszusteigen und fährt mich mit dem Rollstuhl in die Eingangshalle. Anstatt mit mir auf unsere Hebamme zu warten, damit ich nicht alleine bin sagt er: „Ich parke schnell das Auto!", und weg ist er wieder. Da sitze ich nun im Rollstuhl in der Eingangshalle des Krankenhauses. Alle Menschen laufen an mir vorbei. Es ist unangenehm, ich weiß gar nicht, wie ich meine Wehen veratmen soll, weil ich nicht noch mehr Blicke auf mich ziehen will. Ich bemühe mich, leise zu sein. Meine Hose ist vom Fruchtwasser durchtränkt und ich habe oben nur ein leichtes T-Shirt an. Ich wünsche mir nur, dass dieser Moment so schnell wie möglich vorübergeht.

Mike kommt zurück und fährt mich mit dem Rollstuhl in den Kreißsaal. Dort werde ich von der diensthabenden Hebamme begrüßt mit den Worten „Ach, Sie sind der Geburtshaus-Abbruch? Kein Wunder, ich hätte meine Kinder ja auch alle zu Hause bekommen können, aber man sieht ja, was daraus wird." Ich werde aufgenommen und mir wird ein Zugang gelegt, durch den ich ein die Wehen hemmendes Mittel bekomme. Ich bin erleichtert. Endlich habe ich Pause und die Schmerzen lassen nach. Unsere Hebamme aus dem Geburtshaus kommt ins Krankenhaus. Sie macht mit der diensthabenden Hebamme eine Übergabe und verabschiedet sich dann von uns. Obwohl Mike neben mir sitzt, fühle ich mich einsam und alleine und vollkommen überfordert mit der gesamten Situation. Ich bitte Mike, meine Mutter anzurufen. Ich brauche sie jetzt. Meine Eltern kommen ins Krankenhaus und wir sind zu viert im Kreißsaal. Mike setzt sich neben mich aufs Bett und legt seinen Kopf auf meinen Schoß und beginnt zu weinen. Die ganze Situation ist so schrecklich für ihn und er möchte, dass ich endlich unser Kind bekomme. Ich streichele seinen Kopf und rede ihm gut zu, mache ihm Mut. Er steht auf, legt sich auf die Liege, die im Zimmer steht, und schläft schnarchend ein.

Ich bekomme eine PDA und einen Wehentropf, damit die Geburt endlich voranschreitet. Aber auch 24 Stunden nach dem Blasensprung hat sich noch nicht viel getan. Mein Muttermund öffnet sich nicht weiter als 8 cm und ich bin am Ende meiner Kräfte. Die Ärzte entscheiden, einen Kaiserschnitt zu machen. Mike wacht auf und ist sichtlich erleichtert. Nun ist er wieder voll dabei, erzählt den Ärzten, dass er sich auskennt, weil er im Rettungsdienst arbeitet und zieht sich OP-Kleidung an, um im OP dabei zu sein. Um 1:16 Uhr kommt Lina nach langen 26 Stunden per Kaiserschnitt zur Welt. Ich bin Mutter! Wir sind Eltern!

2.

Eltern – Das ewig verbindende Band

In den ersten Monaten nach Linas Geburt fühle ich mich oft alleine. Der Start als Mutter wird von einem Geburtstrauma überschattet und mir wird sehr schnell deutlich, dass ich die Situation nicht alleine verarbeiten kann. Ich hole mir Hilfe bei einer spezialisierten Ärztin und beginne, Linas Geburt aufzuarbeiten. Die Faktoren, welche zu diesem ungünstigen Geburtsverlauf geführt haben, werden mir sehr schnell deutlich und mir ist klar, ich konnte mich während der Geburt nicht entspannen und so konnte auch der Muttermund sich nicht öffnen. Ich war überhaupt nicht bei mir und bei Lina, war in höchster Anspannung, dass es Mike auch gut geht und er nicht ausflippt, weil ihm das alles zu lange dauerte und ich mich in seinen Augen zu sehr anstellte. Ich hatte gar keine innere Ruhe, um mich auf die Geburt zu konzentrieren, ich wollte mich um Mike kümmern. Für mich ist klar: Sollten wir noch ein Kind bekommen, darf Mike bei der Geburt nicht dabei sein. Ich bin so wütend auf Mike.

Von meiner Vorstellung, dass wir uns nach der Geburt die Elternschaft 50 : 50 aufteilen und gleichberechtigt die Versorgung von Lina übernehmen, bleibt in der Realität wenig übrig.

Besonders die Nächte übernehme ich zu 100 Prozent und tagsüber ist klar, dass ich mich um Lina kümmere, es sei denn, ich bitte Mike explizit, sie zu nehmen.

Ich nehme ein Jahr Elternzeit. Mike arbeitet weiterhin auf Honorarbasis im Rettungsdienst und wartet auf seinen Studienplatz in Veterinärmedizin. Wir haben getrennte Konten und teilen uns die Miete zu 50 Prozent auf, alle Kosten für Lina trage ich. Mike argumentiert damit, dass er kein Geld hat und gibt mir das Gefühl, dass die Versorgung von Lina meine Aufgabe ist. Jedes Gespräch über Finanzen blockt er ab oder kommentiert es mit aufbrausender Aggressivität, so dass ich mich nicht mehr traue, ihn anzusprechen. Es ist leichter für mich, selbst nach Lösungen zu suchen und sparsam zu leben. Was Mike verdient, weiß ich nicht. Klar ist, mein Elterngeld reicht nicht, so dass ich bereits vier Monate nach der Geburt an zwei Nachmittagen die Woche in einem Jugendzentrum auf Honorarbasis anfange zu arbeiten. An den zwei Nachmittagen, wenn ich im Jugendzentrum bin, übernimmt Mike die Betreuung von Lina. Häufig nervt ihn das, so dass ich nicht mit gutem Gefühl das Haus verlassen kann.

Die meiste Zeit des Tages verbringt Mike rauchend und telefonierend auf unserem Hof. Wenn ich Unterstützung brauche, muss ich ihn in die Wohnung bitten.

Ich bin neidisch auf die anderen Mütter aus meinen Pekip-Kursen, die sich wenigstens um das Finanzielle keine Sorgen machen müssen, weil die Männer arbeiten gehen. Ich habe das Gefühl, alleine für die Versorgung von Lina verantwortlich zu sein und mich zusätzlich um die finanzielle Absicherung von uns kümmern zu müssen. Zusätzlich hat Mike häufig 24-Stunden-Dienste im Rettungswagen, so dass ich mit Baby und den zwei Hunden alleine bin. Wenn ich mit ihm über die Belastung die sich daraus für mich ergibt sprechen möchte, wendet er direkt ein, dass er auf das Geld angewiesen ist und ich ja nicht verantwortlich sein möchte, wenn er finanzielle Schwierigkeiten bekommt. Auch als er einen Monat für einen kranken Kollegen einspringt und fast gar nicht mehr zu Hause ist, findet keine Kommunikation darüber statt, wie es mir damit geht. Zudem steht außer Frage, dass Mike etwas von dem Geld das er dadurch mehr verdient Lina und mir zukommen lässt. Als ich mich mit meinen Sorgen einmal an meine Mutter wende, ist sie total entsetzt und sagt direkt, dass dies so nicht ginge. Sie möchte dass ich mit Mike spreche und sichert mir zu, dass ich mich immer an sie wenden kann. Ihre Vehemenz ist mir eher unangenehm. Sie macht mir so deutlich, in welcher Situation ich mich befinde. Es ist mir unangenehm, dass ich das mit mir machen lasse und ich spreche nie wieder mit jemandem über unsere finanzielle Situation.

Kurz vor Linas erstem Geburtstag bekommt Mike endlich einen Studienplatz. Mein Elterngeld fällt weg, ich habe ihm zugesichert, dass ich ihn beim Studium auch finanziell unterstütze und trete eine Stelle mit 30 Wochenstunden im Schichtdienst einer Wohngruppe an. Mike zahlt mir ab sofort jeden Monat 370 Euro zur Miete dazu und ich trage alle restlichen Kosten. So ist der Deal und mein Angebot, damit er aus seiner beruflich frustrierten Situation heraus kommt. In mir keimt Hoffnung, dass mein dauerhaft unzufriedener und meckernder Mann nun endlich auch wieder glücklich und zufrieden wird.

Ab jetzt ist Mike jeden Tag von 8:00 – 18:00h in der Uni. Nur Mittwoch- und Freitagnachmittag kommt er nach Hause, um Lina zu betreuen, wenn ich um 14:00 Uhr meinen Dienst in der Wohngruppe beginne. Die anderen Tage unterstützen unsere Eltern uns.

Mein Traum von einem endlich zufriedenen Mann, der nun endlich glücklich und ausgeglichen ist, weil er eine Perspektive hat, weicht schnell der Realität. Mike ist zwar glücklich, weil er in der Uni schnell Anschluss findet und erstmals in seinem Leben eine gute Position innerhalb einer Gruppe hat. Er möchte unabhängiger Student sein und ich und Lina sind ihm eher ein Klotz am Bein. Er bekommt viel Anerkennung von seinen Kommilitonen und geht in seiner Position in der Uni gänzlich auf. Alle blicken zu ihm herauf, immerhin ist er viel älter, finanziell unabhängiger, hat Frau und Kind. Mike schildert mir, dass er glücklich ist, endlich einmal erfahren zu können, wie es ist, anerkannt zu sein, seine bisherigen Erfahrungen aus der Schule waren immer, dass er schnell Außenseiter und Mobbingopfer war.

Ich hingegen bin am Ende meiner Kräfte. Das Einarbeiten in den neuen Job ist anstrengend und 30 Stunden im Schichtdienst arbeiten, wenn man wenig Schlaf wegen unruhiger Nächte mit einem Kleinkind hat und tagsüber alleine für Haushalt, Kinderversorgung und Hunde zuständig ist, zehrt mehr und mehr an mir. Zusätzlich fühle ich mich auch emotional alleine gelassen. Immer öfter realisiere ich, dass Mike mich anlügt und Univerpflichtungen vorschiebt, um Freizeit mit seiner neuen Clique zu haben. Er geht auf Partys und schnell wird klar, dass er eine Affäre hat. Wenn ich ihn auf die Affäre anspreche, verzettelt er sich in Ausreden und Widersprüchen. Schnell kippt das Gespräch in Vorwürfe an mich. Durch die Gespräche mache ich laut Mike mal wieder deutlich, dass ich total hysterisch sei und immer nur Stress machen würde. Kein Wunder, dass er sich da jemanden suchen muss, der ihn versteht. Seine Affäre würde im Übrigen auch der Meinung sein, dass ich ihn total unter Druck setze und Stress mache. Ich habe keine Kraft, um mir weiter Gedanken zu machen. Der finanzielle Druck lastet auf mir. Inzwischen überreicht Mike mir jeden Kassenbon, wenn er einmal Lebensmittel für uns gekauft hat und möchte, dass ich ihm das Geld auf sein Konto überweise. Immerhin sei unsere Absprache die, dass er die 370 Euro zahle und ich für den Rest verantwortlich sei. Er wird richtig ungehalten, wenn ich die Überweisung einmal nicht sofort ausführe. Seine eigenen Lebenshaltungskosten sind extrem hoch. Er raucht eine Schachtel Zigaretten am Tag und hält meistens noch seine Kommilitonen mit aus. Außerdem fährt er jeden Tag mit dem Auto anstatt mit dem Fahrrad in die nur vier Kilometer entfernte Uni und hat daher hohe Benzinkosten. Ich fahre mit dem Fahrrad zur Arbeit und wenn ich mit Lina unterwegs bin, sitzt sie in einem Anhänger hinter mir. Finanziert wird Mike durch seine Adoptiveltern und seine Oma. Mit den finanziellen Sorgen und dem Druck, dass wir mit meinem Gehalt auskommen, und ich für Lina alles bezahle und der Kühlschrank immer voll ist, lebe ich alleine. Mike möchte davon nichts hören, ihn interessiert nur, dass ich ihm direkt seine Kosten erstatte, die er für die Familie hat. Das setzt er konsequent und, wenn es sein muss, in bestimmtem und sehr aggressivem Ton durch.

In dieser Zeit existiere ich nur noch im Überlebens-Modus. Ich habe gar keine Kraft, etwas, an meinem Leben zu ändern, weil das „am Laufen halten" bereits so viel Kraft kostet. Ganz nebenbei gründe ich mit anderen Müttern auch noch eine Elterninitiative, um eine Krippe mit Nachmittagsbetreuung für Lina aufzubauen. Durch meine Arbeitszeiten im Schichtdienst und am Nachmittag würde eine Krippe mit normalen Öffnungszeiten bedeuten, dass ich Lina gar nicht mehr sehe, weil ich täglich von 14:00 – 20:00 Uhr arbeite und alle vier Wochen auch am Wochenende. Die von mir und den anderen Müttern eröffnete Krippe soll Lina täglich von 12:00 – 18:00 Uhr betreuen.

Es gibt viel Streit zwischen Mike und mir. Nicht selten beendet Mike Diskussionen, indem er mich körperlich angreift. So finde ich mich ein weiteres Mal auf dem Boden liegend, um mein Leben ringend. Mike beugt sich mit seinen gut 100 Kilo Körpergewicht über mich und seine Hände schnüren mir die Luft zum Atmen ab. Ich zappele mit Händen und Füßen und versuche, ihn abzuwehren. Hinter meinem Kopf höre ich kleine, tapsende Hände, welche krabbelnd auf mich zukommen. Als Mike realisiert, dass Lina auf dem Laminat in unsere Richtung krabbelt, lässt er von mir ab. Lina rettet mir das Leben. Am nächsten Morgen beim Blick in den Spiegel sehe ich deutlich die Würgemale an meinem Hals. Ich fühle mich verzweifelt und hilflos, so kann ich unmöglich aus dem Haus gehen. Ich ziehe mir einen Rollkragenpullover an und kaufe mir vor der Arbeit einen großen Schal, den ich in den kommenden Tagen nicht ablegen werde. Mike sieht meinen Hals und sagt, er möchte mir etwas Gutes tun, er würde mir den Schal bezahlen. So wie Mike es darstellt, bekommt es etwas Fürsorgliches, und ich freue mich über diese liebevolle Geste. Dennoch überdeckt mich eine gedämpfte Stimmung, ich fühle mich wie im Nebel. Ich habe gefühlt keine Wahl, sehe keinen Ausweg aus meiner Situation. Spreche ich Mike an, um deutlich zu machen, dass es für mich so nicht weitergeht, endet es in Streit und Gewalt. Konstruktive Gespräche sind nicht möglich. Ich verharre. Glücklich bin ich nicht.

Als Lina 1,5 Jahre alt ist, kommt es wieder einmal zu einem heftigen Streit. Mike schlägt mir so sehr mit einem Gegenstand ins Gesicht, dass meine Gesichtshälfte ganz blau wird. Es reicht!

Ich packe Lina ein und ziehe mit ihr zu meinen Eltern. Mike wirkt erleichtert, dass ich gehe. Die ersten Tage interessiert es Mike nicht, dass wir nicht mehr da sind. Er meldet sich kaum bei mir und wenn, dann sind es beschimpfende und entwürdigende Nachrichten, die ich auf meinem Handy von ihm lesen muss. Er ist froh, dass er nun ungestört mit seinen Uni-Freunden feiern gehen kann. Mein Bitten, aus der Wohnung zu gehen, damit Lina in ihrer gewohnten Umgebung bleiben kann und wir nicht zu zweit in einem kleinen Zimmer bei meinen Eltern wohnen müssen, kommentiert er mit „Wenn du dich trennen möchtest, dann musst du auch ausziehen."

Meine Eltern sichern mir Unterstützung zu, egal für welchen Weg ich mich entscheide. Auf der Arbeit und im Freundeskreis erzähle ich vor lauter Scham, dass ich einen Fahrradunfall hatte. Nur eine Freundin spricht mich direkt an und sagt „Mike hat dich geschlagen! Du kannst bei uns einziehen, bis du etwas anderes gefunden hast."

Das schockt mich so sehr, ich fühle mich ertappt. Ich streite alles ab und distanziere mich von dieser Freundin, anstatt dankend anzunehmen und es als Chance zu sehen, aus der Beziehung dauerhaft auszubrechen. Mein schlechtes Gewissen, das Mike mir macht, führt dazu, dass ich weiterhin die Miete für die Vier-Zimmer-Wohnung zahle, die Mike nun alleine bewohnt.

Ich traue mir das alles alleine nicht zu und bin verzweifelt, weil ich mir nicht vorstellen kann, dass Lina ein Scheidungskind wird. Ich selbst musste nie die Erfahrung machen, dass meine Eltern sich trennen und ich habe den Gedanken, dass es nichts Schlimmeres für ein Kind geben kann, als dass sich seine Eltern trennen. Zusätzlich habe ich Angst vor der Stigmatisierung der Gesellschaft. Eine Trennung kommt in meinem Kopf einem Versagen gleich. Ich möchte meine heile Familie zurück. Möchte einfach nur, dass alles gut wird, egal wie. Dennoch suche ich nach einer Wohnung für Lina und mich und werde schnell fündig. Eine andere alleinerziehende Frau sucht für sich und ihren kleinen Sohn passende WG-Partner. Wir tauschen uns über E-Mails aus und irgendwie wird die Trennung für mich vorstellbarer.

Als Mike nach zwei Wochen bemerkt, dass es mir ernst ist, und ich eine Wohnung gefunden habe, bittet er mich, zurückzukommen. Er möchte mich und unsere Familie, und wenn ich zurückkäme, würden wir uns zusammen ein schönes Haus kaufen und alles würde besser. Er wolle an sich arbeiten und mir endlich all meine Wünsche erfüllen und zu mir und Lina stehen. Alles würde gut werden. Er hätte endlich verstanden, was er will und wie er sich in den vergangenen Jahren verhalten hat, das täte ihm unendlich leid.

Ich gehe zurück. Mike willigt ein, mit mir zu einer Paarberatung zu gehen, er möchte alles tun, um mich und Lina zu halten und sich zu verändern.

Ich möchte diese Familie und ich möchte noch ein Kind bekommen. Auf keinen Fall möchte ich zwei Kinder von unterschiedlichen Vätern und auf keinen Fall möchte ich eine Trennung. So kommt die Situation zwischen Mike und mir für ein paar Monate etwas zur Ruhe. Mike bemüht sich, ich kann mich langsam wieder annähern. Mein Kinderwunsch wächst. Jedes Gespräch, welches ich darüber mit Mike zu führen versuche, wird erst einmal abgeblockt.

„In dieser Situation?", sagte er. Mike empfindet sein Leben als stressig und hat das Gefühl, er muss durch einen Tunnel hasten und am Ende wird alles besser. Ich sehe nur, dass ich einen festen Job habe, dass er mit seinem Studium wieder eine Perspektive hat, und dass alle äußeren Umstände wesentlich besser sind als bei der Geburt von Lina. Ich würde mir wenigstens ein Gespräch darüber wünschen, doch Mike blockt alles ab und macht mir deutlich, dass ich wahnsinnig und unvernünftig bin. Ich bin zutiefst verletzt, dass Mike nicht einmal ein Gespräch zulässt und mich mit meinen tiefen Wünschen einfach stehenlässt. Ich schreibe Mike einen Brief, es ist für mich die letzte Möglichkeit, ihm deutlich zu machen, wie ich mich fühle, mit Gesprächen komme ich nicht an ihn heran.

Um mich herum bekommen alle Mütter, die ich in den vergangenen Jahren kennengelernt habe, nach und nach das zweite Kind, und in mir wächst eine tiefe Traurigkeit und Verletztheit.

Ich tue doch alles, um meinem Mann ein sorgloses Leben zu ermöglichen. Ich kümmere mich um alles und bin eine zielstrebige Frau mit der Zuversicht, dass wir alles schaffen. Wir haben die Rückendeckung meiner Eltern, sie unterstützen uns im Alltag und auch finanziell würden sie uns unterstützen, wenn es nötig wäre. Die von mir mitgegründete Krippe ist inzwischen eröffnet, und Lina ist jeden Tag dort gut betreut. Vielleicht muss ich noch besser werden, Mike noch mehr den Rücken freihalten. Ich kann das, ich bin eine starke und belastbare Frau und habe das Gefühl, Mike noch mehr abnehmen zu können.

Irgendwann sagt mein Mike „Wenn ich das Physikum hinter mir habe, können wir ja mal über ein zweites Kind sprechen". Das ist zu diesem Zeitpunkt noch ein Jahr entfernt, aber ich bin glücklich, immerhin ist es ein erstes Zugeständnis. Nach einem Jahr ist das Physikum bestanden, aber ein Gespräch ist noch immer nicht möglich. Mike empfindet meine Anfragen als Farce und sagt irgendwann nur noch „Wenn du anfängst, darüber zu reden, dann erst recht nicht!".

Mir sind die Hände gebunden, er spricht von sich aus nicht mit mir und wenn ich ihn anspreche, macht er mir deutlich, dass ich schuld daran bin, dass das Thema so ein Reizthema zwischen uns ist, weil ich ihn damit nerve. Er kann gar nicht anders, als dann abzublocken, ich solle erkennen, was ich ihm antue. Meine letzte Hoffnung ist, ihm meine Gefühle in einem Brief zu erklären. Vielleicht versteht er mich dann.

Lieber Mike,
Ich fühle mich soooo verdammt unverstanden, dass mein Mann, mein Partner mich ganz alleine stehen lässt mit einem tiefen Gefühl, das ich bisher nicht kannte und das mit ganz viel Zuversicht, dass alles gut klappen kann, gepaart ist. Ich stehe so fest hinter diesem Wunsch und würde dir gerne alle Sorgen abnehmen, weil ich ein so tiefes Gefühl zu diesem noch ungeborenen Kind und unserer Zukunft habe, die für zwei reicht. Ich bin mir sicher, dass alles gut werden wird.
Ich habe ein Gefühl davon, dass ich meine „Schuldigkeit" getan habe. Ich unterstütze dich seit Jahren so sehr. Ich habe dich aufgefangen, als es in deinem Leben ganz schwer war und du keine

Perspektive hattest. Ich habe das Gefühl, dass du deinen Weg jetzt erst richtig gehen kannst, wo du durch Lina siehst, wofür du das tust. Ich unterstütze dich so sehr in deinem Studium und bin so wahnsinnig stolz auf dich. Die Situation, als Lina geboren wurde, war viel weniger optimal als jetzt. Aus der heutigen Sicht würden wir doch in dieser Situation auch nie wieder ein Kind bekommen. Aber es hat geklappt und bereichert unser Leben so ungemein. Ich hatte keinen Job, keine Berufserfahrung. Du hattest keinen festen Job, warst ganz unglücklich und hattest nicht einmal eine Perspektive. Wir hatten keine schöne Wohnung und unsere Beziehung war auch in der Schwangerschaft und davor immer wieder kurz vor dem Punkt, auseinanderzugehen. Unsere Beziehung hatte viel weniger Fundament als jetzt. Ich bin glücklich mit dir und bin wahnsinnig zuversichtlich, dass wir das schaffen. Und auch so schaffen, dass wir beide glücklich sind.

Natürlich habe ich auch Ängste. Ich habe Angst davor, die Freiheit, die wir jetzt wieder erlangt haben, zu verlieren. Ich habe Angst vor schlaflosen Nächten, ich habe Angst vor Streitereien mit dir, weil wir beide keine Zeit für uns haben und jeder für sich hat. Aber gleichzeitig weiß ich auch, dass ich diese Zeit nun viel mehr genießen kann, weil ich weiß, wie schnell sie auch wieder vorbei ist. Ich vermisse manchmal die kleine Lina, die nachts gestillt werden wollte und weiß nun, dass auch wieder Zeiten kommen, in denen man Zeit für sich alleine hat und Zeit für sich als Paar. Mit diesem Wissen kann ich diesen Verzicht vermutlich mehr genießen und habe eine größere Gelassenheit, weil ich nicht mehr den Gedanken haben muss, dass mein Leben nun vorbei ist. Die Umstellung ist viel geringer, weil wir nun ohnehin seit 3 Jahren keinen einzigen Sonntag mehr ausschlafen und weniger Freiheiten haben als ohne Kind. Aber auch 4 Monate nach Linas Geburt hattest du Freiheiten, du warst eine Woche alleine im Urlaub und konntest trotzdem noch Dinge für dich tun. Inzwischen ist unser Miteinander viel mehr eingespielt und wir wissen, dass es wichtig ist, dass jeder seine Freiräume bekommt. Es sind nur wenige Monate. die wir vielleicht Einschränkungen erleben, dafür bereichert uns unsere große Liebe und das große Wunder, das ein Kind mit sich bringt. Ein ganz großes Wunder. Kinder sind das schönste Wunder dieses Lebens.

Ich merke, wie es inzwischen richtig weh tut. Ich treffe Bekannte und auch wenn ich es denke, frage ich nicht, ob sie wieder schwanger ist, weil ich das Gefühl habe mich dann freuen zu müssen. Das kann ich aber nicht, weil ich den Schmerz gar nicht aushalte. Mir tut es richtig weh, wenn ich Frauen mit zwei Kindern sehe und jedes Mal, wenn mir jemand erzählt, dass er wieder schwanger ist, gibt es einen tiefen Stich und ich könnte sofort weinen. Ich bin regelrecht verzweifelt. Es tut wahnsinnig weh. Manchmal habe ich sogar das Gefühl, dass ich gar nicht mehr mit diesen Leuten zusammen sein kann. Ich rechne jeden Monat, wann das Baby kommen würde, wenn ich jetzt schwanger werden würde und wie alt Lina dann wäre. Und jeden Monat werden der Schmerz, die Verzweiflung und die Panik größer. Es tut richtig weh, und ich kann dagegen nichts tun. Es ist keine rationale Sache, die ich nach einem Gespräch mit uns beiden, in dem ich dich auch verstehen möchte und deine Wünsche und Gefühle ernst nehmen will, wieder nach hinten schieben kann. Es ist einfach ein Gefühl, was da ist, und das ich nicht steuern kann. Ich möchte dich verstehen und deine Bedürfnisse berücksichtigen, aber ich kann das einfach nicht steuern. Und es tut mir leid, dass du dich unter Druck gesetzt fühlst. Wenn ich dann wütend und verzweifelt werde und keinen Sinn mehr darin sehe, noch weiter zu warten, will ich alle Babykleider wegschmeißen. Ich ertrage es nicht, dass sie da unten im Keller sind. Ich ertrage es nicht weil ich nicht weiß, ob ich die in wer weiß wie vielen Jahren einem Kind überhaupt noch anziehen kann. Ich ertrag es nicht mehr, ständig diese Rückschläge zu haben. Ich habe mich so sehr auf Oktober gefreut, weil ich wusste, dann, nach deinem Physikum werden wir wieder ein Kind bekommen. Dann wenigstens darüber sprechen und eine Perspektive erarbeiten. Und jetzt bin ich VÖLLIG HOFFNUNGLOS, PERSPEKTIVLOS und VERZWEIFELT. Ich fühle mich mit diesem tiefen Gefühl so wahnsinnig alleine. Ich weiß einfach nicht mehr, was ich noch tun kann und soll.
Ich frage mich manchmal auch, was ich für ein Mensch bin, dass ich diesen tiefsten und menschlichsten Wunsch verwehrt bekomme, und mache mir wirklich Gedanken darüber, ob ich etwas falsch gemacht habe im Leben und das nun verdiene.

Was soll ich denn mit einem Baby machen, wenn alle Welt um mich herum schon Kinder im Kinderladenalter hat und ein ganz anderes Leben führt? Ich verpasse diese schöne Zeit, dass man sich um sein Kind kümmert, zu Hause ist und das Wohlergehen des Babys das Wichtigste ist und dabei kann man sich mit Menschen, die man mag, treffen und austauschen. Dann bin ich ganz alleine ...

Mike nimmt diesen Brief unkommentiert zur Kenntnis. Es verändert sich nichts und ich bin weiterhin alleine mit meinen Gedanken und Gefühlen.

Gegen Ende des Studiums verändert sich die Stimmung in der Gruppe von Mikes Kommilitonen. Seine Affäre hat einen neuen Freund. Ausgerechnet den Mann, in den ihre Freundin verliebt ist. Damit ist die Affäre beendet und Mike sucht Trost bei mir. Er beichtet mir die Affäre und möchte Verständnis dafür, wie gemein die Affäre zu ihm war. Er redet mit mir wie mit einem Freund, mit dem man das Ende einer Beziehung bespricht. Er hat Rückendeckung von allen anderen Kommilitonen, da seine Affäre ihre eigene Freundin belogen hat. Der Mechanismus greift wunderbar und auf einmal ist seine Affäre die Verfolgte und Mike ist der Gutmensch, auch wenn nun alle Kommilitonen erfahren, dass er jahrelang seine Frau betrogen hat.

Ich durchschaue dieses Spiel nicht und bin nur glücklich, dass bei Mike offenbar ein Sinneswandel stattgefunden hat und er auf einmal rund um die Uhr für seine Familie da ist, mit uns Dinge unternimmt und nun auch ein zweites Kind möchte.

Schnell bin ich schwanger und vom ersten Tag der Schwangerschaft an sehr verliebt in dieses kleine Wesen in meinem Bauch. Mike bekommt wieder Panik, obwohl er sich diesmal bewusst dafür entschieden hat, und entfernt sich während der Schwangerschaft von mir. Meinen Bauch fasst er in der Schwangerschaft nicht einmal an, nicht einmal, wenn ich ihm die festen Tritte unserer zweiten Tochter zeigen möchte. Gespräche über die Schwangerschaft sind kaum möglich und als er seinen Eltern auf mein Drängen hin endlich irgendwann von der zweiten Schwangerschaft berichtet, macht er dies trocken mit den Worten: „Wir bekommen noch eins davon", und zeigt dabei auf Lina.

Mike und ich gehen noch immer zur Paarberatung. Hier bespreche ich mit Mike die anstehende Geburt. Es ist für mich ein schwieriges Thema, weil ich Mike auf keinen Fall vor den Kopf stoßen möchte, gleichzeitig aber weiß, dass ich nicht noch einmal ein Kind in Mikes Anwesenheit bekommen kann. Erstaunlicherweise ist Mike fast erleichtert darüber, dass ich ihn nicht bei der Geburt dabei haben möchte, und das Thema ist schnell erledigt. Vor unserem Paartherapeuten begründet Mike seine Erleichterung damit, dass er vermute, er habe ein Geburtstrauma von Linas Geburt. Immerhin musste er während Linas Geburt um mein Leben bangen. Er berichtet, wie schlimm die Geburt für ihn war und wie alleingelassen er sich von mir gefühlt hat.

4,5 Jahre nach der Geburt unserer ersten Tochter, bringe ich mit Begleitung meiner Mutter Ella zur Welt. Es ist eine sehr schöne, schnelle und unkomplizierte Geburt im hebammengeleiteten Kreißsaal einer Klinik. Ella kommt auf die Welt und ist ab dem ersten Moment ein glückliches und zufriedenes Baby. Mike kommt 20 Minuten, nachdem Ella auf der Welt ist, im Krankenhaus an. Ich bin glücklich, diesmal aus tiefstem Herzen.

Nach Ellas Geburt erleben wir zwei sehr schöne Jahre. Zwei Jahre als Familie. Zwei Jahre, in denen Mike Familie lebt, in denen er nicht gewalttätig ist und meines Wissens auch keine Affäre hat. So habe ich es mir immer gewünscht und es scheint, als habe sich der Stress der vergangenen Jahre gelohnt und nun wird endlich alles so, wie ich es mir immer gewünscht habe.

Der gefühlte Stress von Mike besteht aber weiterhin, Mike steht dauerhaft unter Strom. Er hat sein Studium abgeschlossen, aber es ist nicht möglich, direkt eine passende Stelle zu finden. So arbeitet er zunächst 17 Stunden in einer Kleintierpraxis außerhalb der Stadt und ist trotz geringer Stundenanzahl fast ganztägig aus dem Haus. Diesen Zustand hält er nicht lange aus, er fühlt sich gedemütigt, dass er nun mehr arbeitet als ich, aber immer noch weniger verdient. Er überlegt, ob er sich einfach weiter von seinen Eltern finanzieren lassen soll, davon hätte er mehr und sie könnten die in seinen Augen vorhandene Schuld weiter abbezahlen. Mike lässt diesen Gedanken aber wieder fallen und meldet sich stattdessen krank, um die Zeit zu nutzen, eine andere Stelle zu suchen. Die Stellensuche hat schnell Erfolg und Mike beginnt, in einer Klinik in der Stadt zu arbeiten, wieder viele Stunden für wenig Gehalt. Zusätzlich muss er viele Nachtschichten machen, die mit meinem Job kaum vereinbar sind. Gott sei Dank habe ich ein tolles Team und kann meinen Dienstplan immer um den von Mike herumbasteln. Wieder einmal bin ich flexibel und versuche, alles möglich zu machen, damit Mike zufriedener wird. Ich fange alles ab. Mein Gehalt ist noch immer das Geld, von dem wir leben. Mit wesentlich weniger Stunden in einem nicht besonders gut bezahlten Job verdiene ich noch immer mehr Geld als Mike in der Klinik mit seinen vielen Nachtdiensten.

Die Chefin in der Klinik, in der Mike arbeitet, ist sehr kontrollierend und die Atmosphäre geprägt von Missgunst im Team und cholerischen Wutanfällen der Chefin. Mike steht unter maximalem Druck und hält diesem auch körperlich nicht mehr stand. Er ist ein nervliches Wrack und andauernd krank. Jeden Tag kommt er von der Arbeit und fällt weinend in meinen Schoß. Er hat keine anderen Themen als seine Arbeit und macht mir auch deutlich, dass seine Belastung so hoch ist, dass ich mich um alles andere kümmern muss. Mike lässt sich krankschreiben und ich werde wieder einmal Zeugin seiner grandiosen Lügen. Er gibt an Magen-Darm zu haben und aus einem einfachen Infekt wird in der Kommunikation ein hoch ansteckender Virus, auf das er sich hat testen lassen. Er breitet am Telefon aus, wie besorgt die Ärzte um seinen Gesundheitszustand sind und wie gefährlich und ansteckend er sein könnte. Er erzählt, dass er jeden Tag zur Kontrolle zum Arzt muss und dort Infusionen bekommt, weil er so geschwächt sei. Mit dieser Geschichte ist er am Ende zwei Wochen krankgeschrieben. Was er seinem Arzt erzählt, um das Attest zu bekommen, weiß ich nicht. Aber der sterbenskranke Mann sitzt fit und munter neben mir auf dem Sofa und ich bin wieder einmal peinlich berührt. Ich denke, die Lügen sind so offensichtlich, dass jedem klar sein müsste, dass Mike lügt. Gleichzeitig bin ich auch geschockt, weil mir bis zu diesem Zeitpunkt nicht klar war, welche Dimensionen seine Geschichten haben können.

Ich schlage Mike vor, doch einmal bei unserem ehemaligen Haustierarzt anzufragen, ob er dort mit einsteigen könnte. Unser Haustierarzt hat eine eigene Praxis bei uns im Stadtteil und ich weiß, dass er bald in Rente gehen wird. Ich komme noch am gleichen Nachmittag an der Praxis vorbei und möchte einmal nach den Öffnungszeiten schauen. Am Praxisschild hängt ein großer, weißer Zettel mit dem Hinweis, dass der Tierarzt plötzlich verstorben ist. Ich denke nur, dass dies ein Wink mit dem Zaunpfahl sein muss. Sofort rufe ich Mike an und berichte ihm davon. Mike ruft die Hinterbliebenen an und bekundet sein Interesse, die Praxis zu übernehmen. Die Hinterbliebenen berichten Mike von den Umständen des Todes. Er sei plötzlich und ganz alleine in seiner Wohnung verstorben. Seine Ex-Frau und eine seiner zwei Töchter hätten wenig Kontakt zu ihm. Im Stadtteil hörte man häufiger Geschichten, dass der Tierarzt aufbrausend und unsensibel den Tieren gegenüber gewesen war. Insgeheim denke ich: Dieses Schicksal wird auch Mike eines Tages ereilen. Aber wie immer drücke ich diesen Gedanken schnell wieder weg. Nach einigen Verhandlungen klappt es und Mike ist Besitzer einer kleinen Praxis in unserem Stadtteil. Anstatt entlastet und glücklich zu sein, setzt ihn diese neue Verantwortung massiv unter Druck. Immer wieder wirft er mir aggressiv vor, dass er nur wegen mir in diesem „Scheiß-Kellerpuff" sitzt. Die Praxisräume sind unter seiner Würde im Kellergeschoss eines Mehrfamilienhauses gelegen und nicht sehr modern ausgestattet. Ich kann nicht nachempfinden, woher dieser Druck kommt. Ich habe Mike auf ganzer Linie unterstützt, habe weiterhin gearbeitet, so dass der finanzielle Druck nicht gestiegen ist, und wir sind durch die Selbstständigkeit nun sogar zusätzlich unabhängiger mit der Kinderbetreuung. Mike sieht das anders. Er verbringt Abende damit, anderen Frauen zu schreiben, immer mit dem Vorwand, dass er sich vernetzen muss, um die Praxis am Laufen zu halten.

Eines Tages komme ich unangemeldet in die Praxis und treffe Mike mit einer anderen Frau dort. Ich kenne sie vom Sehen und weiß, dass er mal eine Affäre mit ihr hatte. Ich lasse mir nichts anmerken, bin weiter freundlich und versuche wie jeden Tag, meine freie Zeit damit zu verbringen, Mike zu unterstützen. Als wir am Abend beide zu Hause sind, spreche ich ihn auf die andere Frau an. Er sagt mir, ich müsse mir keine Gedanken machen, er nutze sie nur aus, weil sie ihm alles zum Behandeln von Zähnen beibringen kann, da sie Zahnmedizin studiert hat. Er möchte von mir ein Schulterklopfen, weil er findet, er sei ziemlich clever, mit seinem Charme eine kostenlos arbeitende Kraft für sich gewonnen zu haben. Ich kann Mike keinen Applaus spenden und fühle mich weit weg von ihm. Kurze Zeit später bekomme ich durch einen Zufall mit, dass Mike mit dieser Frau heimlich essen gegangen ist. Mir hatte er erzählt, er sei zum Computerfachmarkt gefahren. Als ich ihn darauf anspreche, erklärt Mike mir, dass er mir das nicht erzählen konnte, ich sähe ja gerade selbst, was für einen Stress ich immer machen würde. Er müsste den Kontakt mit der Frau pflegen, denn sie würde ihn unterstützen beim Aufbau seiner Praxis. Als Gegenzug, dass sie ihm das Behandeln von Zähnen beibringt, würde er ihr jetzt Surfen beibringen. Dafür müsste ich Verständnis haben, immerhin ginge es um unsere gemeinsame, finanzielle Zukunft. Meine Grenze ist erreicht. Ich möchte das nicht mehr ertragen und ich merke, wie ich selbst an mir zweifle, weil ich das nicht möchte. Mike vermittelt mir das Gefühl, hysterisch und eifersüchtig zu sein und ihn nicht genügend zu unterstützen. Ich weiß nicht mehr, was richtig oder falsch ist. Ich spreche mit meinen Freundinnen über meine Gefühle und Mikes Treffen mit der anderen Frau. Meine Freundinnen pflichten mir bei und stärken mir den Rücken. Ich fühle mich dadurch trotzdem nicht besser, ich habe das Gefühl, ihnen die Geschichte vielleicht falsch und zu einseitig erzählt zu haben und nur deshalb schlagen sie sich auf meine Seite.

Auch wenn Mike physisch anwesend ist, ist er kaum noch ansprechbar für mich. Zuhause sitzt er nur noch an seinem Handy oder telefoniert. Lina, Ella und ich sind eine Belastung. Ich bemühe mich, die Kinder so gut ich kann, von ihm fernzuhalten und bin viel draußen unterwegs, damit Mike seine Ruhe vor uns hat und nicht noch angespannter ist.

Jede noch so kurze Autofahrt wird von Mike genutzt, um irgendjemanden anzurufen, selbst wenn ich auf dem Beifahrersitz sitze. Dabei ist es vollkommen egal, mit wem er spricht. Erreicht er die erste Nummer nicht, wählt er eine andere Nummer. Am Ziel angekommen beendet er die Gespräche immer mit „Du, ich bin jetzt da, lass uns später nochmal telefonieren." Den gleichen Satz sagt er auch, wenn der Gesprächspartner zu viel redet und Mike in seinen Monologen unterbrochen wird. Mike hat mit unendlich vielen Menschen Kontakt und ich komme gar nicht mehr hinterher. Häufig hat Mike auch Streit mit Bekannten. Er äußert sich abwertend über sie und macht alle Menschen in seinem Umfeld schlecht. Teilweise ist dies am kommenden Tag wieder vergessen, und er trifft diese Menschen, als sei nie etwas gewesen. Dieses inkonstante Verhalten belastet mich. Ich bin ein harmonieliebender Mensch und habe sehr konstante Kontakte und Freundschaften, teilweise Freundschaften die bereits mein ganzes Leben bestehen. Ich bin verunsichert, wie ich den Menschen gegenübertreten soll, mit denen Mike sich regelmäßig verkracht hat.

Ich trenne mich innerlich und emotional von Mike und teile ihm mit, dass ich mich nun endgültig trennen werde, weil ich die Affäre nicht mehr ertragen kann und ich unglücklich bin und er mich nicht hört. Seine Antwort ist sehr nüchtern:
„Trenn dich ruhig. Ich nehme dir alles. Ich nehme dir die Kinder. Ich mache dich fertig."
Ich habe Angst, denn ich weiß, dass er es ernst meint. Ich dränge meinen Gedanken der Trennung weg, und wir machen einfach weiter. Aber tief in meinem Inneren bin ich verzweifelt, weil ich realisiere, dass ich gefangen bin. Zum ersten Mal habe ich den Gedanken, dass ich eine Trennung nur aufschiebe und sie irgendwann kommen muss. Entweder ich bleibe und ertrage all das weiterhin bis an den Rest meines Lebens oder ich gehe und werde den schlimmsten Kampf meines Lebens mit Mike haben. Einen niemals endenden Kampf, so wie er ihn seit Jahrzehnten mit seinen Halbschwestern, den „Bastardschwestern",

führt. Und ich habe Angst, dass ich die Kinder verliere, weil er mir rücksichtslos alles nehmen wird. Ich weiß, wie skrupellos und gefühlskalt er ist, gleichzeitig frage ich mich, ob ich nicht paranoid bin.

Ich habe den Gedanken, dass die einzige Chance mich zu trennen, eine Nacht- und Nebelaktion ist, nur dann fühle ich mich sicher. Bei dem Gedanken daran bekomme ich Angst, dass ich vielleicht verrückt bin, weil ich solche Gedanken habe, die doch vollkommen übertrieben sind. Ich habe immer die Geschichte von Julia Roberts in „Der Feind in meinem Bett" vor mir. Im Film täuscht Julia Roberts ihren eigenen Tod vor, um von ihrem gewalttätigen und psychopathischen Ehemann fliehen zu können. Ich bin verunsichert. Gefühl und Ratio passen nicht zueinander. Mein Gefühl sagt mir, dass es nur so, mit Strategie und im Geheimen gehen kann. Meine Ratio sagt mir, dass ich spinne. Ich fühle mich gelähmt und gefangen in einer diffusen Angst.

Meine Mutter stirbt. Ihr Tod kommt für uns alle unerwartet. Eine Krebsdiagnose im frühen Stadium entwickelt sich innerhalb kurzer Zeit so dramatisch, dass sie nur vier Monate nach der Diagnose tot ist. Ein einschneidendes Erlebnis, wenn die eigene Mutter viel zu früh und viel zu plötzlich stirbt. Auf einmal ist sie nicht mehr da, auf einmal ist alles anders. Auf einmal fühle ich mich als Halbwaise und fühle mich alleine mit meinem Bruder und meinem Vater. Meine Mutter und ich hatten täglich Kontakt. Sie war meine Ansprechpartnerin, wenn ich Schwierigkeiten mit den Kindern hatte und war immer eine gute Ratgeberin. Sie hat mich im Alltag unterstützt und war immer da, wenn ich sie gebraucht habe. Es ist in jeder Hinsicht ein großer Verlust, der schmerzt ohne Ende. Mike unterstützt mich, indem er mir den Rücken freihält und die Kinder nimmt. So kann ich Zeit mit meiner Familie verbringen, die Trauerfeier organisieren und irgendwie selbst trauern. Emotional bin ich alleine.

Nebenbei versucht Mike neue Räume zu finden, um mit seiner Praxis umzuziehen und diese zu vergrößern. Selbst nach dem Tod meiner Mutter gibt es kein Innehalten. Die innere Unruhe und der gefühlte, innere Stress lassen bei ihm nicht nach, er steht permanent unter Hochspannung. Sein Ziel ist es, endlich aus der kleinen Praxis im Keller herauszukommen und eine Praxis aufzubauen, die ihm entspricht. Groß, hochmodern und besser als alle anderen Praxen in der Umgebung. Nach nicht allzu langer Suche wird er fündig. Nur ein paar Häuser neben seiner aktuellen Praxis findet er passende Räume, welche er nun umbauen möchte und den Plan einer hochmodernen Praxis umsetzen will. Kurz nach dem Tod meiner Mutter planen wir einen gemeinsamen Urlaub mit meinem Vater. Der Urlaub ist emotional sehr wichtig. Ich wünsche mir die Unterstützung von Mike. Kurz vor Urlaubsbeginn eröffnet Mike mir, dass er doch nicht mitkommen kann, die Umbauarbeiten für die Praxis seien genau in dieser Woche in der Hochphase und eine Verschiebung der Eröffnung käme für ihn nicht infrage, noch länger würde er es im Keller nicht aushalten.

Ich fahre alleine mit den Kindern und meinem Vater in den Urlaub.

Direkt nach unserm Urlaub steht die Eröffnungsfeier für Mikes neue Praxis an. Er hat sich von seinen Angestellten zu einer großen Feier überreden lassen, er lässt sich insgesamt gerne leiten und stimmt schnell Ideen von anderen Menschen zu. Hinkt die Umsetzung dann, ist nicht er schuld, sondern die Menschen, die ihm den Vorschlag gemacht haben. Seine geballte Wut wird auf diese Menschen projiziert und Mike vermutet, dass diese Menschen es eigentlich gar nicht gut meinen, sondern nur ihm und seiner Existenz schaden wollten. Ganz bewusst. Im Fall der Eröffnungsfeier ist es eine Angestellte von ihm, die laut Mike auch zugesichert hätte, dass sie sich um die gesamte Organisation kümmert. Weit gefehlt. Wenige Tage vor der Feier ist noch nichts organisiert. Also nehme ich auf Mikes Bitten direkt nach unserer Rückkehr die gesamte Organisation in die Hand. Schnell Gläser und Tische gemietet und zwei Nachmittage mit den Kindern in Getränke- und Supermärkten verbracht. Gut, dass ich Ferien habe, neben der Arbeit hätte ich all das gar nicht leisten können. Inzwischen habe ich von der Wohngruppe in eine Berufsschule gewechselt, damit meine Arbeit mit der Familie besser zu vereinbaren ist. Meine Arbeit spielt in unserem Leben keine große Rolle. Weder reden Mike und ich über sie, noch findet sie im Alltag besondere Berücksichtigung. Meine Unterrichtsvorbereitung und Korrekturen mache ich alle am Abend, wenn Lina und Ella im Bett sind. Hauptsächlich bin ich für die Organisation der Praxis präsent im Leben von Mike. Irgendwie schmeichelt es mir auch, dass er mir so viel Verantwortung für sein Leben gibt, und ich frei Hand alles planen kann und er mir hier offenbar blind vertraut. Ich freue mich, wenn ich ihm etwas abnehmen kann und dafür von Mike Dank erhalte.

Wenige Tage vor der Feier möchte ich Mike am Abend, als Lina und Ella im Bett sind, meine Planung für die Eröffnungsfeier noch einmal zeigen und mit ihm besprechen. Mikes Handy liegt zwischen uns auf dem Sofa, als es plötzlich aufblinkt. Vom Nachrichtenton abgelenkt blicke ich auf sein Handy. Den Namen der Nachrichtenschreiberin kenne ich, es ist eine Affäre, welche er vor Jahren schon einmal hatte. Die Nachricht ist kurz: *"Bleibt es bei morgen Abend? Wo treffen wir uns?"* Ich schaue ihn fragend an. Er windet sich in Erklärungen und dreht den Spieß sehr schnell um und ist sauer auf mich, weil ich mit ihm über die Nachricht sprechen möchte. Der Streit eskaliert, obwohl ich zu diesem Zeitpunkt bereits so mürbe bin, dass ich zu ihm einfach nur sage „Mir ist eigentlich egal, was du machst, sag es mir einfach nur, ich will nicht mehr belogen werden."

Ein Schlag mit der flachen Hand trifft mich so stark ins Gesicht, dass ich ein ganzes Stück auf dem Laminat ins Wohnzimmer schlittere. Während ich auf dem Boden liege, steht Mike über mir und kommentiert das Geschehene abwertend mit: „Ach, machst du wieder einen auf theatralisch?" Er dreht sich verachtend weg von mir und ist offenbar froh, dass er nun für Ruhe gesorgt hat.

Ich nehme meinen Schlüssel und gehe. Mitten in der Nacht fahre ich mit dem Fahrrad durch die Stadt und versuche, einen klaren Kopf zu bekommen. Ich sehe nach wie vor keine Lösung, habe keine Idee, wie ein Ausweg aussehen könnte. Ich weiß nur, dass ich nicht gehen kann, denn dann verliere ich meine Kinder an Mike. Mike würde niemals zulassen, dass ich die

Kinder mitnehme, immer wieder hatte er mir im Streit gesagt, dass ich mich gerne trennen könne, aber dann nimmt er mir die Kinder und „macht mich nackig".

Irgendwann fahre ich zurück nach Hause. Mike liegt schnarchend im Bett und ich lege mich mit einem Kühlkissen im Gesicht zu Lina ins Bett. Mein einziger Gedanke kurz vor dem Einschlafen: *Hoffentlich sieht man in meinem Gesicht morgen früh keinen blauen Fleck.*

Schnell gehen wir am nächsten Morgen zur Routine über. Wir sprechen nicht mehr über das Geschehene. Weder über sein Treffen mit der anderen Frau noch über nächtliche Gewalt. Unausgesprochen ist klar: Die Schuld für alles liegt alleine bei mir. Mike geht in seine Praxis und ich bin zu Hause, es sind immer noch Ferien. Mein Telefon klingelt. Es ist Mike. Wutentbrannt brüllt er ins Telefon „Hast du die Polizei gerufen, du billige Schlampe?"

Ich weiß gar nicht, wovon er spricht und frage nach, wie er darauf kommt. Er sagt, dass ein Polizeiwagen durch unsere Straße gefahren ist und er vermutet, dass ich wegen dem Streit in der Nacht die Polizei angerufen hätte. Ich verneine und Mike droht mir, dass ich das auch besser nicht tun soll und legt dann auf. Tatsächlich war mir der Gedanke, die Polizei zu rufen, total fern, ich wollte auf keinen Fall, dass an die Öffentlichkeit gerät, was bei uns hinter verschlossener Tür passiert. Aber Mike spürte scheinbar, dass ich den Gedanken an eine Trennung nun immer öfter habe und wird unsicher. Die vergangenen Jahre war es eine unausgesprochene Vereinbarung zwischen uns, dass ich niemandem von seinen gewaltvollen Übergriffen erzähle und wir beide zusammenhalten.

Mike eröffnet die neue Praxis und ist gestresst. Er hat zu kämpfen mit ständigem Personalwechsel und unzuverlässigen Mitarbeiterinnen. Zwischen uns gibt es kein anderes Thema mehr als seine Praxis. Mein Job und die Betreuung der Kinder mache ich mit mir alleine aus. Ich helfe Mike, so gut ich nur kann. Inzwischen bittet er mich, mit in Mitarbeitergespräche zu kommen, damit ich vermitteln kann. Ich übernehme die Kommunikation mit seinem Steuerbüro und einiges an Papierkram. Dennoch steigt die Unzufriedenheit in ihm. Ich versuche, ihm aufzuzeigen, warum seine Mitarbeiterinnen eventuell unzufrieden sein könnten, versuche konstruktive Lösungen für ihn zu finden. Ich sehe Mikes Anteile an der Unzufriedenheit seiner Mitarbeiterinnen. Mike ist nicht klar in seiner Kommunikation. Die Mitarbeiterinnen können kaum etwas richtig machen und haben Angst, Fehler zu machen. Ich versuche ihm deutlich zu machen, dass er an der Situation auch durch Personalwechsel nichts verändern wird, sondern seinen Führungsstil verändern muss. Ich schlage ihm vor, eine Fortbildung zum Thema „Mitarbeiterführung" zu machen. Das macht ihn aggressiv, er sieht seine Anteile nicht. Er sagt, er erwarte von mir und seinen Mitarbeiterinnen uneingeschränkte Loyalität. Er möchte keinen Perspektivwechsel, wenn er mir von Situationen mit seinen Mitarbeiterinnen erzählt. Er möchte sich bei mir abreagieren und mir erzählen, wie schlimm seine Mitarbeiterinnen sind und gibt mir vor, dass meine Aufgabe in den Gesprächen ist, ihm zuzuhören und ihm zuzustimmen. Tue ich das nicht, flippt er aus.

Der Mechanismus mit seinen Mitarbeiterinnen funktioniert immer gleich. Er stellt irgendwelche Frauen ein, die er von irgendwoher bereits kennt. Meistens sind es Mitarbeiterinnen aus der Klinik, in der Mike kurzzeitig gearbeitet hat und die er dort abwirbt. Diese werden dann in den Himmel gelobt und er ist sehr zufrieden mit ihrer Arbeit. Kurz nach der Einstellung hat er immer das Gefühl, nun geht es bergauf mit der Praxis, denn endlich hat er das richtige Personal gefunden, solange, bis sie einen kleinen Fehler machen. Dann dreht sich der Spieß und sie können eigentlich gar nichts mehr richtig machen. Alles wird verdreht, alle Fehler, die in der Praxis gemacht werden, werden nur ihnen in die Schuhe geschoben, und er versucht, die anderen Mitarbeiterinnen durch seine aufbrausende Art einzuschüchtern und zur Loyalität ihm gegenüber zu bringen. Häufig melden sich die Mitarbeiterinnen dann krank. Seine Strafe sind Gehaltskürzungen und Drohungen mit rechtlichen Konsequenzen und die Kündigung. Er tut ihnen Unrecht und ist selbst davon überzeugt, dass er das Opfer ist und diese Frauen ihn ruinieren wollen.

Gleichzeitig ist Mike unglücklich und fühlt sich unzufrieden und alleine gelassen, weil er das Gefühl hat, es ist unmöglich, zuverlässiges Personal zu finden und in seinen Augen sind alle anderen Tierärzte und Tiermedizinischen Fachangestellten nur Geldgeier, die ihn in den Ruin treiben und ausnutzen wollen. Außerdem sind sie unfähig. Spätestens nach ein paar Monaten ist es jede neue Mitarbeiterin, auch die, die zu Beginn in den Himmel gelobt wurden.

Mike meint, die Mitarbeiterinnen würden auch Geld klauen und die Praxis damit in den Ruin treiben. Grund genug für ihn, ein Kamerasystem zu installieren und seine Mitarbeiterinnen per Kamera zu überwachen. Mike freut sich über diesen gelungenen Schachzug. Den Tipp mit den Kameras hat er von seinem Freund bekommen. Der hat die Kameras in seinem Wohnhaus installiert, um seine Frau tagsüber zu überwachen. Ich bin beruhigt, dass Mike ergänzt, dass er das natürlich etwas krank findet und niemals tun würde. Offiziell sind die Kameras in der Praxis eine Sicherung gegen Einbrecher, und er sagt seinem Team, dass die Kameras nur außerhalb der Öffnungszeiten laufen und auch nur am Türbereich angebracht sind. Tatsächlich hat er die gesamte Praxis mit Kameras ausgestattet und sitzt von nun an häufig zu Hause auf dem Sofa und schaut sich an, was seine Mitarbeiterinnen machen. Besonders zum Feierabend schaltet er sich in das System, um sein Team beim Zählen des Kasseninhalts zu beobachten. Ich frage ihn, ob das überhaupt erlaubt sei. Mike erklärt mir, dass alles seine Ordnung habe und er nichts Verbotenes täte. Ich kenne mich zu wenig aus, um das zu beurteilen, aber ich finde es krankhaft. Ich erkenne und sehe seine Anteile an der hohen Fluktuation von Mitarbeiterinnen. Teilweise tun mir die Mitarbeiterinnen auch leid, gerade wenn sie auf den Arbeitsplatz angewiesen sind. Das sieht er nicht, er hat das Gefühl, ich falle ihm in den Rücken und ist sauer auf mich und mein illoyales Verhalten.

Zuhause bekomme ich Mike eigentlich kaum noch zu sprechen. Er telefoniert rund um die Uhr und wenn er gerade nicht telefoniert, möchte er mit mir über seine Praxis sprechen.

Ich kann nicht mehr!

Dennoch werde ich in dieser Zeit zum dritten Mal schwanger. Mike konnte sich auf meinen Wunsch einlassen, ein drittes Kind zu bekommen und ich hatte das Gefühl, dass wir zum ersten Mal ein Kind in sicheren Bedingungen bekommen können. Mike sieht das anders. Obwohl die Schwangerschaft für uns beide nicht überraschend kommt, reagiert er auf den positiven Schwangerschaftstest mit Ablehnung. Er brüllt mich an, wie ich mir das denn jetzt vorstelle: „Dann können wir ja gleich unter der Brücke schlafen und von Hartz IV leben. Du treibst uns in den Ruin!"

Ich fühle tiefe Liebe zu dem kleinen Wesen in meinem Bauch, bin sehr glücklich und stehe dennoch weinend und gedemütigt mit dem Schwangerschaftstest in der Hand vor einem tobenden Mike. Wir sind gerade auf dem Sprung zu meiner Freundin, die unsere Kinder für das Wochenende zu sich nehmen will, weil Mike und ich zu zweit nach Potsdam fahren wollen. Das erste Mal zu zweit weg, seit wir Kinder haben. Ich schreibe ihr kurz eine SMS: *„Wir fahren zu dritt nach Potsdam. ;-) Aber sag bitte nichts zu mir, wenn wir gleich kommen, Mike ist total angespannt und überfordert von der Situation."* Meine Freude, meine Liebe zu dem kleinen Wesen in meinem Bauch, werden überschattet durch Mikes aggressive Reaktion. Ich fühle mich alleine und habe direkt das Gefühl, dieses kleine Leben in mir schützen zu müssen. Schützen vor dem, was hier draußen gerade passiert, wie sein Vater auf seine Existenz reagiert. Wir fahren trotzdem zusammen nach Potsdam und Mike beruhigt sich während der Fahrt, so dass es sogar ein ganz schönes Wochenende wird. Nach unserem Aufenthalt in Potsdam vereinbare ich einen Termin beim meinem Frauenarzt. Mike hat keine Zeit mitzukommen, er muss arbeiten und sich um seine Praxis kümmern. Ich fahre alleine zum Arzt. Ich sehe das Herz dieses kleinen Wesens in mir schlagen und bin überglücklich über das erste Ultraschallbild unseres dritten Kindes. Noch vor der Praxis stehend fotografiere ich das Bild und schicke es Mike *„Hier ist unser drittes Kind"*. Die Antwort folgt schnell: *„Jupp"*. Mehr nicht. Das tut weh.

Leider bekomme ich kurz nach unserem Aufenthalt in Potsdam Blutungen. Ich fahre direkt wieder zu meinem Arzt, der einen Ultraschall macht. Trotz der Blutungen geht es unserem dritten Kind gut. Das Herz schlägt und das Kind wächst weiter. Die Blutungen kommen und gehen und ich lerne fast, damit zu leben. Nach einigen Wochen werden die Blutungen plötzlich stärker. Ich fühle, dass etwas nicht stimmt, und fahre direkt zu meinem Arzt. Was ich fühlte, bestätigt er mir: Das Herz unseres dritten Kindes hat aufgehört zu schlagen. Ich habe das Gefühl, Mike ist erleichtert. Ich vereinbare mit meinem Arzt, dass ich erst einmal nicht ins Krankenhaus fahre und wir schauen, ob mein Körper es so schafft, die Schwangerschaft zu beenden. Leider werden meine Blutungen immer stärker und am Wochenende hören sie gar nicht mehr auf. Meine Freundin Ina fährt mich am Sonntagabend ins Krankenhaus. Die Ärzte entscheiden sofort, dass ich eine Ausschabung bekommen soll, eine andere Möglichkeit gäbe es nicht, um die Blutung zu stoppen. Diese soll auch schnell stattfinden, denn ich habe bereits so viel Blut verloren, dass mein Kreislauf nicht mehr ganz stabil ist. Die erste Vollnarkose meines Lebens. Ich rufe Mike an und sage ihm, dass ich ihn brauche, dass er kommen soll, eine Freundin würde kommen und auf unsere Kinder aufpassen. Ich habe ihn zum ersten Mal in meinem Leben gebeten, zu mir zu kommen und ihm gesagt, dass ich ihn brauche. Seine knappe Antwort „Oh, das ist schlecht, ich habe schon ein Glas Wein getrunken und kann gar nicht mehr fahren. Ich kann dich ja morgen abholen."

Ich bleibe alleine im Krankenhaus und die Ärzte machen eine Ausschabung. Ina ist zu ihren Kindern nach Hause gefahren. Als ich aufwache, wird mir klar: Wenn ich diese Situation alleine schaffe, dann schaffe ich es auch so alleine. Ich fühle mich vollkommen im Stich gelassen von Mike. Bis zu diesem Zeitpunkt hatte ich das Gefühl, wenn Mike auch im Alltag nicht für mich da ist, in Notfallsituationen kann ich immer auf ihn zählen. Ich verarbeite den Verlust unseres dritten Kindes alleine. Gestalte ein Buch mit den Ultraschallbildern, die ich habe, und schreibe meine Gedanken auf. Mike erwähnt unser drittes Kind nie wieder. Aber er macht mir deutlich, dass er das nicht noch einmal will und ich mir den Gedanken an ein weiteres Kind abgewöhnen soll.

Wenige Wochen nachdem unser drittes Kind uns verlassen hat, fahren wir über Pfingsten zusammen in den Kurzurlaub. Schon am zweiten Tag auf engem Raum halte ich die Gegenwart von Mike nicht mehr aus. Ich schnappe ich mir meine Hündin Lena und gehe alleine mit ihr zum Wasser. Ich denke nach und mir wird mehr als deutlich, dass ich innerlich abgeschlossen habe. Ich will nicht mehr, ich will diese Beziehung einfach nur noch beenden.

3.

Trenn dich!

Eine Woche nach unserem Kurzurlaub feiern wir in der Berufsschule, in der ich arbeite, den Abschluss der diesjährigen Absolventen. Es ist eine große Feier mit Musik und Tanz bis Mitternacht. Als ich nach Mitternacht meinen Nachhauseweg starte, begegne ich Mats, der ebenfalls mit dem Fahrrad da ist und ganz in meiner Nähe wohnt. Wir kennen uns seit zwei Jahren, sind bereits einige Male durch Zufall mit dem Fahrrad zur oder von der Schule zurück gefahren und haben uns gut unterhalten. Ich habe immer schon viel an ihn gedacht, aber meine Professionalität und meine Familie haben mir diese Gedanken verboten.

Als wir kurz vor Mats Haustür sind, wo sich unsere Wege trennen, fragt Mats, ob wir noch zusammen ein Bier trinken wollen. Ich bin unsicher und überlege, ob ich das tun kann. Ich entscheide mit meinem Bauch und nicht mit meinem Kopf und stimme zu. Wir setzen uns auf eine Bank und trinken ein Bier und reden bis morgens um vier Uhr. Nie habe ich mich so verstanden gefühlt, nie habe ich mich so unterhalten. Wir verabschieden uns und in meinen Gedanken war dies ein Abschied für immer. Wir würden uns nun nicht mehr an der Schule sehen, vielleicht kreuzen sich unsere Wege zukünftig zufällig im Stadtteil, mehr nicht.

Ich gehe nach Hause und lege mich ins Bett. Müde von zu wenig Schlaf kommt Mike am Mittag zu mir ins Schlafzimmer und fragte mich nicht einmal, wie mein Abend war oder wann ich zuhause war. Einziges Anliegen ist, sich über seine Praxis zu unterhalten und über seine Mitarbeiterinnen zu meckern. Ich ertrage das nicht mehr. Nachdem Mike merkt, dass ich kein Interesse an einem Gespräch habe, verlässt er wütend das Schlafzimmer.

Ich rufe eine Freundin an und erzähle ihr von meinem Abend. Ich erzähle ihr, wie gut mir das Gespräch und der Abend mit Mats getan haben und dass ich ihn eigentlich gerne wiedersehen würde, mir das aber selbst verbiete.

Meine Freundin sieht das anders: „Warum denkst du eigentlich immer nur an deine Familie? Tu doch auch mal was nur für dich, auch wenn es nicht vernünftig ist. Ich würde ihn anrufen und mich nochmal mit ihm treffen, wenn dir die Gespräche gut tun."

Als hätte ich nur auf diese Legitimation gewartet, rufe ich bei Mats an und lade mich selbst zu einem Kaffee ein. Ein komisches Gefühl. Ich habe in allen Bereichen das Gefühl, etwas Verbotenes und Falsches zu tun. Ich habe ein schlechtes Gewissen Mike, Lina und Ella gegenüber. Dennoch kann ich mich nicht entziehen. Ich habe das Gefühl, endlich wieder ich selbst zu sein, wenn ich mit Mats spreche. Ich bekomme wieder eine Verbindung zu mir und den Dingen, die mich ausmachen und die ich bin. Endlich, nach so vielen Jahren, geht es um mich und ich komme in Gesprächen zu Wort und werde gehört und höre einem Mann zu, der differenziert und reflektiert über die Dinge spricht. Meine Gefühle schwanken zwischen wahnsinnigem Glück und tiefer Verzweiflung.

Ich bin ein grundehrlicher Mensch und kann mit diesem Gefühl nicht weiterleben. Ich erzähle Mike von den Treffen mit Mats. Ich kann mir nicht vorstellen, wie es weitergehen soll. Ich kann mir eine Trennung von Mike doch nicht vorstellen, weil ich nicht weiß, wie ich eine Trennung umsetzen soll. Wohin soll ich ziehen? Was ist mit Lina und Ella? Ich kann doch meine Familie nicht kaputt machen. Ich zweifle an meinem Verstand und denke, dass ich Mike und mir eine Chance geben muss. Ich will den Kontakt zu Mats abbrechen. Nachdem Mike von meinen Treffen mit Mats erfährt, bemüht er sich auf allen

Ebenen um mich. Er sucht sich eine Beratungsstelle und nimmt scheinbar erstmals ernst, dass ich die Sorgen seiner Praxis nicht mehr tragen kann und wieder andere Themen zwischen uns möchte. Er meldet sich zusätzlich in einer Beratungsstelle für Männer und möchte seine Aggressivität in den Griff bekommen und ein Antiaggressionstraining machen.

Außerdem sagt Mike, dass er nun endlich auch seine Vergangenheit aufräumen möchte und nun, nach fast 40 Jahren, seine leibliche Mutter suchen möchte. Bisher hatte er das immer abgelehnt. Er sagte, er habe mit seiner Adoption abgeschlossen und brauche seine leibliche Mutter nicht kennenlernen. Nun sieht das anders aus. Mike erklärt mir, dass ihm der Gedanke an eine Begegnung mit seiner leiblichen Mutter Angst mache, er jetzt aber erkannt hätte, dass er einen kompletten Neuanfang möchte. Therapie alleine reiche nicht, er wolle mir beweisen, dass er ein neuer Mensch wird und seine Vergangenheit aufarbeitet. Auch ruft er bei allen seinen ehemaligen Affären an und möchte die Affären noch einmal aufarbeiten, was ich äußerst befremdlich finde, Mike erklärt mir, dass notwendig sei, um zukünftig davor geschützt zu sein, weitere Affären zu haben.

Um meiner Familie eine Chance zu geben, breche ich den Kontakt zu Mats ab. Schnell merke ich aber, dass ich zu Mike gar keine Nähe mehr aufbauen kann, so sehr ich das auch will. Jeder Annäherungsversuch macht mich fast aggressiv und nimmt mir die Luft zum Atmen. Auch Mikes plötzliches Interesse an Musik und die Offenheit für meine Hobbys machen mich aggressiv. Er schwankt ins andere Extrem. Plötzlich geht es nur noch um mich und darum, was ich mag und möchte, und er hat plötzlich für alles, was ich mag, auch eine eigene Leidenschaft entwickelt, so sagt er. Mike nimmt mir die Luft zum Atmen und bedrängt mich mit seinem extremen Interesse an mir. Gleichzeitig sind die Gespräche mit ihm leer und inhaltslos.

Ich vermisse Mats. Ich vermisse die Gespräche und das Gefühl, durch den Kontakt mit Mats endlich wieder zu mir selbst zu finden. Ich bleibe standhaft und melde mich nicht bei Mats. Ich möchte eine heile Familie. Ich möchte wieder Gefühle für

Mike entwickeln, ihm die Chance zur Veränderung geben und Lina und Ella eine unbeschwerte Kindheit ermöglichen.

Wir fahren in den Familienurlaub nach Dänemark. Ich genieße die Zeit mit Lina und Ella sehr. Ella lernt in diesem Urlaub Fahrradfahren und es öffnet mein Herz, beide Kinder so glücklich und unbeschwert beobachten zu können, viel Zeit mit ihnen zu haben. Nähe zu Mike kann ich nicht mehr zulassen.

Mike verspricht mir zum wiederholten Male, dass er aufhören wird, anderen Frauen zu schreiben, dass wir noch mehr Kinder bekommen können und dass er sich komplett ändern wird. Er sieht alles, was er in den vergangenen Jahren nicht gut gemacht hat, und möchte daran in der Therapie arbeiten und macht mir einen erneuten Heiratsantrag. Er möchte mich kirchlich heiraten mit einem großen Fest. Um unsere Liebe zu besiegeln.

Ich wünsche mir die ganze Zeit, dass ich es genießen kann und dass mein inneres Gefühl sich wieder einstellt. Ich warte darauf, dass ich, so wie sonst, einfach alles verdrängen kann und mit schwimme in Mikes Blase des Glücks und der Zuversicht, dass endlich alles schön wird. Aber es passiert nicht. Ich fühle mich leer und spüre, dass ich nicht mehr zurück will. Diesmal werde ich es endlich schaffen, zu gehen.

Zurück aus unserem Urlaub dauert es zwei Wochen, dann melde ich mich bei Mats. Wir verabreden uns und reden und reden und es tut mir so gut. Eine Lösung habe ich noch immer nicht, aber es wird mir immer und immer klarer, dass ich mich trennen muss. Eines möchte ich trotzdem auf keinen Fall: meine Trennung von Mike abhängig machen von Mats. Ich möchte für mich vollkommen klarmachen, dass ich mich auch dann trenne, wenn Mats nicht da ist. Die eine Sache ist meine gescheitere Ehe, die andere Sache ist die Begegnung mit Mats. Dennoch ist mir klar, dass nur die Kraft und die Energie, die ich durch Mats gewonnen habe, mir die Kraft gibt, mich endlich aus meiner Ehe zu lösen.

4.

Trennung oder Kampf ums Überleben

Zum ersten Mal habe ich Gefühl, dass ich es diesmal tatsächlich schaffe. Ich habe immer noch keine Idee oder Perspektive im Kopf, aber ich weiß auch, dass ich endlich etwas verändern muss.

Ich teile Mike mit, dass ich mich trennen möchte. Seine Worte kenne ich bereits: „Wenn du gehen willst, dann musst du ausziehen." Es ist kein Gespräch möglich. Mike blockt jedes Gespräch zum Thema Trennung ab, jeder noch so konstruktive Vorschlag wird mit Aggressivität kommentiert. Er redet mir ein, dass ich spinne. Verdreht mir die Worte im Mund und es gibt kein Gespräch, welches nicht eskaliert.

Weil ich weiß, dass Mike niemals unsere Wohnung verlassen wird, beginne ich Wohnungen zu suchen, nach wie vor mit einem Gefühl, dass all das nicht ganz real ist. Ich habe immer noch keine Vorstellung, wie es mit Lina und Ella werden soll. Lina ist inzwischen zehn Jahre alt und geht in die Schule. Ein regelmäßiger Tagesablauf ist enorm wichtig für sie.

Mike will von all dem nichts wissen. Er schwankt nun zwischen Zurückerobern und Aggressivität, nie weiß ich, wie der Tag wird und auf was ich mich einstellen muss. Ich lebe in höchster Anspannung und Angst. Ich suche mir nachts immer andere Schlafplätze, schlafe meistens auf dem Sofa, ab und zu bei Lina im Bett.

Eines Nachts, ich liege neben der schlafenden Lina, wache ich auf, weil Mike mich antippt. Er kann nicht schlafen, will mit mir reden. Ich lehne ab und sage, dass ich weiterschlafen will. Mike akzeptiert das nicht, fühlt sich durch meine Ablehnung gekränkt und wird sauer. Er zieht mich an einem Arm aus dem Bett und schleift mich ins Wohnzimmer. Ich habe nur ein T-Shirt und eine Unterhose an, ich sitze auf dem Sofa und mir ist kalt. Er sitzt vor mich, redet auf mich ein. Erklärt mir, dass ich nur scherze und das nicht ernst meine mit der Trennung. Schwankt dann und beginnt zu weinen und mir zu erklären, dass er jahrelang alles für mich getan hätte, nicht ohne mich leben kann und wie ich ihm all das jetzt antun nur könne. Er liegt schluchzend und weinend auf meinen nackten Oberschenkeln. Im nächsten Moment blickt er auf und wird wieder aggressiv und schreit mich an, bedroht mich, dass ich bei ihm bleiben müsse, sonst würden wir alle nicht weiterleben. Mike steht auf und läuft im Wohnzimmer auf und ab, während er mir dabei monologartig erzählt, was er alles für mich getan und aufgegeben hätte.

Ich habe mein Handy in der Hand, seit der Phase der Trennung habe ich es auch nachts immer direkt neben mir liegen. Ich versuche, Mike zu beschwichtigen, ich habe Angst, habe das Gefühl, dass er außer Kontrolle gerät. Tatsächlich fühle ich mich wie im Krimi und überlege, wie ich mich am besten aus dieser Situation befreien kann. Ich habe Todesangst. Ich versuche heimlich, mein Handy rauszuholen und Hilfe zu rufen. Ich bin nicht klar, wen ich anrufen kann, ich schäme mich für diese Situation und möchte nicht, dass Außenstehende mitbekommen, in was für einer Ehe ich lebe. Mike sieht, dass ich mein Handy in der Hand habe und greift mich an, entreißt mir das Handy, so dass meine Hände blutige, tiefe Schrammen bekommen. Er steht vor mir, brüllt mich an, dass ich billige Schlampe nicht auf die Idee kommen solle, die Polizei anzurufen. Mike brüllt und zerdrückt mein Handy in seiner Hand, so dass das Display zersplittert. Mein einziger, gefühlter Ausweg aus dieser Situation ist „psychische Kriegsführung". Ich versuche, auf Mike zuzugehen und ihn in den Arm zu nehmen. Ich beteuere, dass ich bei ihm bleiben möchte und wir alles besprechen können und sage ihm, dass ich ihn liebe. Zu spät. Egal, was ich sage, er steigert sich immer weiter hinein und wird immer aggressiver. Ich bitte ihn, mich wieder ins Bett gehen zu lassen und schlage ihm vor, dass wir am nächsten Tag noch einmal in Ruhe miteinander sprechen. Ich schlage ihm vor, dass ich mit zu ihm ins Bett komme. Er möchte mich nicht aus dem Wohnzimmer lassen und hat nun die Idee, dass ich ihm die Adresse von Mats verraten soll. Er würde hinfahren und ihn umbringen, und dann wären alle unsere Probleme mit einem Schlag weg. Ich habe Angst. Angst um mich, nun aber auch Angst um Mats. Ich schweige. Mike macht das rasend. Er wirft mir vor, dass mir das Leben von Mats wichtiger sei als sein Leben.

Nach einer gefühlten Ewigkeit beruhigt er sich aus heiterem Himmel, dreht sich zu mir, wirft mir mein kaputtes Handy an den Kopf, sagt „Du widerliche Schlampe!" und geht ins Bett. Als ich sicher bin, dass er ruhig im Bett liegt und nicht noch einmal aufsteht, wage ich mich zitternd vom Sofa aufzustehen und gehe leise zurück zu Lina ins Bett. Am nächsten Morgen verlässt Mike früh die Wohnung. Ich frühstücke mit Lina und Ella und bin emotional vollkommen am Ende. Ich bin ganz alleine, weil ich mich nicht traue, mich jemandem anzuvertrauen. Weil ich mich schäme und mich schuldig fühle für diese Situation. Ich weiß nicht, wo Mike ist. Gegen Mittag bekomme ich eine SMS von ihm: „Ich bin weg, Kümmere dich gut um die Mädchen. Ich grüße deine Mutter von mir."

Ich schreibe ihm, dass er mir sagen soll, wo er ist und dass ich, wenn er sich nicht bei mir meldet, die Polizei rufen würde.

Keine Antwort. Mut, die Polizei zu rufen, habe ich dennoch nicht. Ich bin mir sicher, dass Mike sich nichts antun wird. Zwei Stunden später steht Mike in der Tür. Er fällt mir weinend in die Arme und entschuldigt sich für alles. Er beteuert, dass so etwas nie wieder vorkommen würde und er einfach nur Panik gehabt hätte, mich zu verlieren, weil er mich über alles liebe. Er entschuldigt sich dafür, dass mein Handy kaputt ist, bringt es noch am selben Tag zur Reparatur und lässt das Display erneuern.

Von nun an wache ich immer häufiger nachts schreckhaft auf, weil Mike neben mir steht und mit mir reden will, mich in ein anderes Zimmer schleift und mich darin einsperrt. Ich muss hier raus. Raus aus der Wohnung und zuerst einmal mich in Sicherheit bringen und zusehen, dass Lina und Ella dieser Situation nicht mehr tagtäglich ausgeliefert sind. Lina und Ella kann ich nicht mitnehmen. Mike macht mir immer wieder deutlich, dass ich die Kinder bei ihm lassen muss. Wenn ich mich trennen will, dann soll ich gehen, Lina und Ella gehörten dann ihm. Ich habe keine Idee, wie ich gemeinsam mit Lina und Ella aus der Situation rauskommen soll. Die beiden würden vermutlich nicht verstehen, wenn ich sie mitnehme und wir bei meinen Eltern zu dritt leben sollen. Für sie ist die Welt noch in Ordnung und sie würden vermutlich zurück in unsere Wohnung zu Mike wollen. Mike beginnt, mich über mein Handy zu orten und verfolgt jeden Schritt, den ich gehe. Er loggt sich in meinen Computer ein und kontrolliert alle meine Postfächer. Ich beginne heimlich ein paar Sachen zu packen und finde in unserem Kleiderschrank versteckt eine kleine, schwarze Kiste. Als ich sie öffne ist darin ein richtiges Spionage-Kamerasystem versteckt. Kleine Kameras in Alltagsgegenständen versteckt. Ich denke mir nichts dabei und lege es zurück an die Stelle, an der ich es gefunden habe.

Die gewalttätigen, körperlichen Übergriffe werden immer mehr, ich kann kaum einen Schritt gehen, ohne dass er mit mir reden will, wenn ich dies abblocke, wird er handgreiflich.

Er hält sich auch in Anwesenheit der Kinder nicht zurück und erzählt ihnen, dass Mama uns verlässt, weil sie jetzt einen anderen Mann hätte und sie nicht mehr liebe. Mama sei eine billige Schlampe und lasse sich von anderen Männern ficken.

Die Situation ist unerträglich, ich ahne aber auch das Ausmaß, welches diese Trennung nehmen würde. Ich will meinen Kindern ihr Zuhause nicht nehmen und überlege, wie es möglich ist, dass sie bei all dem Stress wenigstens ihre Stabilität durch die Wohnung behalten können. Mike zum Auszug zu bewegen, ist unmöglich. Wochenlang hoffe ich darauf, dass er einlenkt und seine Sachen packt. Irgendwann realisiere ich, dass dies nie passieren wird. Eine Bekannte von ihm hatte ihm gesagt, dass sein Auszug mein dringlichster Wunsch sei. Mikes Reaktion war klar: Wenn ich das möchte, dann erst recht nicht.

Sehr schnell finde ich eine möblierte 1-Zimmer-Wohnung direkt bei uns im Block. Lina und Ella können zu mir kommen, ohne eine Straße überqueren zu müssen und ich bin dicht bei ihnen. Diese Lösung scheint mir ideal. Erst einmal raus und Abstand gewinnen, ich bin am Ende meiner Kräfte. Mitte Dezember kann ich einziehen.

Wenige Tage vor meinem Umzug verabreden Mike und ich uns zum gemeinsamen Weihnachtsgeschenkekauf und bestellen einen Babysitter für diesen Abend. Ich freue mich tatsächlich auf diesen Abend. Ich liebe Weihnachten und habe irgendwie die Hoffnung, dass es ein guter Abend mit Mike und mir werden kann. Wir könnten uns endlich einmal über die Kinder unterhalten und gemeinsame schöne Geschenke kaufen. Mike kommt von der Arbeit nach Hause. Wir wollen noch gemeinsam Abendbrot essen, ich möchte noch kurz unter die Dusche springen und dann würde auch schon der Babysitter kommen. Dazu kommen wir nicht mehr. Mike empfängt mich an der Haustür und fängt direkt an, mir zu unterstellen, ich wolle gar nicht mit ihm in die Stadt gehen, warum ich so eine heuchlerische Schlampe sei und ihm vorgaukeln würde, dass ich den Abend mit ihm verbringen wolle.

Er gerät immer weiter in Rage und ich kann ihn gar nicht stoppen. Mir werden die Wörter im Mund umgedreht und seine Aggressivität steigert sich von Minute zu Minute. Um etwas Abstand zu gewinnen, gehe ich ins Badezimmer und möchte duschen. Mike kommt hinter mir her und schreit mich weiter an. Er zieht den Duschvorhang zur Seite und streckt mir mit obszönen Gesten seine Zunge entgegen. Dabei wirft er mir vor, dass ich eine Schlampe sei. Ich bitte ihn, damit aufzuhören. Er macht weiter und ich versuche, den Duschvorhang zuzuziehen. Er öffnet ihn erneut und macht weiter. Ich schlage seine Hand aus der Dusche und sage, dass er endlich damit aufhören soll und sich beruhigen muss. Als Reaktion holt er mit voller Wucht aus und schlägt mir mit der flachen Hand ins Gesicht. Ich fliege mit meinem Kopf knapp an der Dusch-Armatur vorbei, falle und kann mich mit meinen Armen gerade noch am Badewannenrand festhalten. Mike erschrickt. Er hilft mir aufzustehen, macht aber mit seinem Geschrei und seinen Beschimpfungen weiter. Als ich wieder stehe, wirft er mir vor, dass ich hysterisch sei und mich extra fallengelassen habe. Mike beginnt mich auszulachen und geht endlich aus dem Badezimmer raus. Ich höre Lina und Ella im Flur und folge Mike. Lina und Ella haben den Streit längst mitbekommen und kommen aufgeregt in Richtung Badezimmer gerannt. Ich stehe nackt und nass vor der Badezimmertür und nehme beide Kinder auf den Arm. Das provoziert Mike noch mehr, er dreht sich um und kommt wieder auf mich zu. Er sagt zu Lina und Ella, dass sie sich gar nicht an ihre Mutter klammern sollten, die schauspiele nur, damit beide denken, dass er gemein sei. Mike geht auf mich zu und will mich erneut angreifen, während ich Lina und Ella auf dem Arm halte. Ich wehre ihn so gut ich kann mit dem Fuß ab und lasse die Kinder von meinem Arm runter. Ich bitte Lina, mit ihrem Handy meine Freundin Ina anzurufen und flüchte ins Schlafzimmer. Mike kommt mir hinterher und verschließt die Schlafzimmertür. Ella versucht verzweifelt, ins Schlafzimmer zu kommen und ruft nach mir. Mike hält die Tür zu und schreit Ella an, dass sie weggehen soll. Ella weint und wird immer verzweifelter. Sie rüttelt an der Tür und versucht, zu mir ins Schlafzimmer zu kommen. Irgendwie lässt Mike von mir ab und ich kann aus dem Schlafzimmer flüchten und renne zu Lina, die mir das Handy reicht, an dem Ina ist und mir mitteilt, dass sie uns gleich abholt. Ella steht weinend hinter mir, ich bin immer noch nass und nackt und nehme sie auf den Arm. Mike tobt und beschimpft mich. Ich lasse Ella runter, sie möchte ihre Sachen packen. Offenbar hat sie mitbekommen, dass Ina uns abholen kommt. Ella packt in Windeseile ihren Rucksack und stellt sich schon einmal an die Tür. Lina und ich sind in Schockstarre. Ina klingelt, Mike rennt ihr im Treppenhaus entgegen und sagt, dass sie die alte Schlampe ruhig mitnehmen kann. Dann greift er Linas Arm „Komm, wir gehen!" und eilt mit Lina die Treppe hinunter. Ich kann ihn nicht abhalten, Lina mitzunehmen. Ina packt mit mir meine Sachen, hilft mir, mich anzuziehen und fragt geistesgegenwärtig: „Gibt es hier in der Wohnung noch etwas, das dir wichtig ist und das er kaputtmachen kann?". Wir packen alles ein und fahren zu Ina und ihrer Familie. Ella scheint sichtlich erleichtert. Setzt sich munter an den gedeckten Abendbrottisch zu Inas Mann und ihren Kindern und berichtet von dem gerade Erlebten. Mike schreibt mir eine Nachricht nach der andern. Ich reagiere nicht. Erst, als er schreibt, dass Lina auch zu mir will, reagiere ich. Ich bitte ihn, Lina zu uns zu bringen. Mike ändert seine Meinung und schreibt, dass Lina doch nicht mehr möchte und er sie jetzt bei sich behält. Ich hoffe, dass es Lina gut geht. In dieser Situation denke ich, dass das Schlimmste, was den Kindern passieren könnte, die Erfahrung ist, dass die Polizei kommt und ihren Vater mitnimmt. Das möchte ich ihnen ersparen. Auch bin ich selbst so in Panik, dass mir der Gedanke, die Polizei zu rufen, gar nicht kommt, ich will nur Sicherheit.

Ich liege auf dem Schlafsofa im Arbeitszimmer von Ina. Mein Kopf pocht, meine Augen bekomme ich kaum noch geöffnet, so verquollen sind sie vom Weinen. Meine kleine süße Ella schläft tief und fest neben mir. Ich halte sie fest. Mein Herz schreit nach Lina. Aushalten!

Um ein Stück Normalität zu wahren und auch, damit ich einen klaren Kopf bekommen kann, bringe ich Ella am nächsten Morgen von Ina aus in den Kinderladen. Ella erzählt den Erzieherinnen noch im Eingang, was passiert ist. Eine beschämende Situation für mich. Die Erzieherinnen geben mir aber keinen Grund dazu, sie beruhigen mich und geben mir nicht einen Moment das Gefühl, dass ich mich schämen müsste. Sie sagen, es ist richtig und wichtig, dass Ella merkt, dass etwas passiert ist, das nicht okay ist, und dass sie dies so äußert. Dass sie dort aufgefangen wird, beruhigt mich und ist auch für Ella eine gute Erfahrung.

Ich gehe zurück zu Ina. Ina drängt mich, beim Arzt meine Verletzungen aus dem Angriff in der Dusche dokumentieren zu lassen. Mein ganzer Rücken ist blau und angeschwollen. Ich sperre mich zunächst. Es ist mir unangenehm und es fühlt sich für mich so an, als würde ich Mike damit anzeigen, ihn verraten und ihm Unrecht tun. Ina bleibt hartnäckig. Sie vereinbart trotz meines Widerstandes mit mir einen Termin bei ihrer Hausärztin. So muss ich nicht zu meinem Hausarzt gehen, der gleichzeitig auch der Hausarzt von Mike ist. Die Ärztin ist großartig. Sie beruhigt mich. Sie sagt, dass sie es nur sicherheitshalber dokumentiert. Sollte ich die Dokumentation niemals brauchen, würde auch nie jemand davon erfahren.

Nach zwei Tagen kopflosem Hin und Her gehe ich zurück in die gemeinsame Wohnung. Der Wunsch nach Normalität für meine Kinder treibt mich an und besonders die Sehnsucht nach Lina, die noch immer bei Mike ist. Ina hat Sorge und möchte nicht, dass ich zurückgehe. Ich weiß aber, dass ich in keiner Zeit so sicher vor Übergriffen bin: Tage und Wochen, nachdem Mike ausgerastet ist und zugeschlagen hat, ist er wie ausgewechselt und wirkt innerlich ruhiger, als wäre die Gewalt ein Ventil, mit dem er Ausgleich gefunden hat. Und so ist es auch. Die Tage verlaufen relativ ruhig. Mike lässt mich weitestgehend in Ruhe.

Am kommenden Wochenende fährt Mike über das Wochenende auf eine Fortbildung. Ich plane mit Ina, dass Lina, Ella und ich übers Wochenende zu ihr kommen, denn ihr Mann ist auch nicht da und so können wir uns gemeinsam mit ihr und ihren zwei Töchtern ein Mädchen-Wochenende machen. Mike nimmt mich vor seiner Abfahrt noch einmal zur Seite und droht mir, wenn ich am Sonntag mit den Mädchen nicht zurückkommen würde, würde er mich fertig machen.

Ehrlich gesagt hatte ich den Gedanken tatsächlich, dass ich mit den Mädchen einfach bei Ina bleibe. Aber die Angst vor Mike und auch die Reaktion von Lina, die sehr loyal ihrem Vater gegenüber ist, halten mich ab und ich gehe am Sonntag mit den Mädchen zurück in die Wohnung.

Mike bemüht sich und versucht, mich davon zu überzeugen, dass ab sofort alles anders wird. Immer wieder sagt er: „Wenn wir diese Krise überstehen, dann kann uns nichts mehr auseinanderbringen." Mir schnürt es den Hals zu.

Mike ist bereit, alles zu tun, wenn ich nur bleibe und mich nicht von ihm trenne. Er spricht mit einem Bekannten, der seine Frau ebenfalls schlägt und der nun einige Monate in der

Psychiatrie war. Er schlägt vor, das auch zu tun. Gleichzeitig könne ich eine Therapie machen und dadurch herausfinden, warum er mich immer schlagen muss, so würde es die Frau seines Bekannten ebenfalls tun.

Ich möchte nur noch weg. Die ganzen Bemühungen und das Klammern schnüren mich ein. Ich möchte nur noch raus.

Am 15.12. ist es so weit, die Wohnungsübergabe steht an, und ich bekomme endlich Abstand. Am Vorabend ruft Ina mich an. Sie sagt, sie habe mit dem Frauenhaus telefoniert und möchte, dass ich zum Anwalt gehe, bevor ich ausziehe. Sie gibt mir die Telefonnummer einer vom Frauenhaus empfohlenen Anwältin.

Ich bekomme einen spontanen Termin. Die Anwältin scheint direkt zu wissen, in welcher Situation ich mich befinde. Sie schlägt mir vor, dass ich jetzt erst einmal ausziehe, auch um mich in Sicherheit zu bringen. Ich solle jetzt erst einmal Weihnachten und Silvester feiern und danach könnte ich einen Antrag auf Wohnungszuweisung und einen Gewaltschutzantrag stellen.

Das ist mir alles zu viel. Ich möchte mich ja wegen Lina und Ella im Guten mit Mike einigen, habe die Hoffnung, dass wir für die Kinder gute Lösungen finden können. Ich möchte keine Eskalation mit Anzeige und Gericht.

Ich nehme die Informationen erst einmal mit und bringe am Nachmittag einige Kartons mit meinen persönlichen Sachen in die neue Wohnung.

Lina und Ella kommen vorbei und schauen sich die neue Wohnung an. Mike ist auch da. Er ist fast ein wenig freudig und sagt, er hoffe, dass der Abstand uns gut täte und wir so wieder zueinander finden könnten. Ich räume ein paar Sachen ein und gehe gemeinsam mit Lina und Ella zurück in unsere Wohnung.

Am Abend, als Lina und Ella im Bett sind, gehe ich mit Luke und Lena noch eine Runde im Wald spazieren. Ich treffe unsere Nachbarin, die mit ihrem Hund ebenfalls noch eine Runde dreht, und unterhalte mich mit ihr. Sie ist Psychologin und wir kennen uns schon einige Jahre, verabreden uns auch ab und zu. Sie ist ganz interessiert und empathisch von meinem Bericht über die Trennung und kommentiert meinen Redefluss mit dem Satz „Ja, eine Trennung von einem Narzissten ist immer hart." Ich bin irritiert und frage sie, wie sie darauf kommt, dass Mike ein Narzisst sei. „Ach, ich dachte, das wüsstest du? Das liegt doch offen auf der Hand."

In meinem Kopf rattert es. Ich habe gar keine genaue Idee davon, was Narzissmus überhaupt ist. Es dauert noch ein paar Tage, bis ich bei Google zum ersten Mal das Stichwort „Narzisstische Persönlichkeitsstörung" eingebe. Als ich die ersten Seiten lese, fällt es mir wie Schuppen von den Augen und ich bin fast schockiert, dass ich in allen Beschreibungen Mike und sein Verhalten in all den Jahren wiedererkennen kann. In den vergangenen Jahren hatte ich mich ab und zu mit „chronischem Lügen" beschäftigt, da ich dachte, das sei Mikes Hauptproblem, und ich wollte gerne verstehen, warum er das tut und wie wir das in den Griff bekommen könnten. Richtig schlau wurde ich bei meinen Recherchen aber nie. Nun tut sich eine neue Welt für mich auf. Endlich weiß ich, womit ich es zu tun habe. Ich sauge die Informationen förmlich auf und lese auch schnell, dass eine Trennung die gefährlichste Zeit für die Frauen darstellt und es noch schlimmer wird, wenn Kinder im Spiel sind. Meine Hoffnung auf eine gute Trennung, in der wir uns wenigstens für Lina und Ella wie erwachsene Menschen verhalten, stirbt dadurch trotzdem noch nicht.

Weihnachten naht und Mike und ich besprechen, dass wir für Lina und Ella so viel Normalität wie möglich wollen. Mein Vater kommt zu uns und feiert mit uns. Weihnachten ist für Lina und Ella schön und es geht mir gut, weil es meinen Kindern gut geht und Mike ruhig bleibt.

Für Mikes Geburtstag, der zwischen Weihnachten und Silvester liegt, hat Mike sich einen gemeinsamen Ausflug zum Rodeln in den Schnee gewünscht. Kaum im Auto eingestiegen, beginnt Mike wieder mich in Gespräche über die Trennung zu verwickeln. Ich bitte ihn, damit aufzuhören, immerhin sitzen Lina und Ella auf der Rückbank. Außerdem kann ich nicht mehr, alle Gespräche sind nur noch anstrengend für mich. Es geht nur darum, dass Mike mir das Versprechen abringen möchte, dass ich bei ihm bleibe. Er macht Vorschläge, wie alles besser werden kann. Ich möchte zu den Mädchen auf die Rückbank wechseln, um den Gesprächen aus dem Weg zu gehen und bei Lina und Ella zu sein. Mike verhindert das. Die Situation im Auto eskaliert. Als Mike merkt, dass ich kein Gespräch führen möchte und einfach für die Kinder versuchen will, einen normalen Tag als Familie zu verbringen, wird er aggressiv, schreit und beschimpft mich vor den Kindern und möchte mich mitten im Schnee aus dem Auto schmeißen. Er löst meinen Sicherheitsgurt und macht eine Vollbremsung. Lina und Ella fallen in ihre Gurte, ich fliege nach vorne und finde mich in Schockstarre im Fußraum sitzend. Mike kommentiert meinen Anblick lächelnd mit „Musstest du dich wider theatralisch hinschmeißen?", und blickt nach hinten zu Lina und Ella, denen er erklärt, dass ihre Mutter eine gute Schauspielerin sei, nur damit die beiden denken sollen, er wäre gemein zu mir.

Der Ausflug ist für mich der reinste Horror und ich bin froh, als wir am frühen Abend wieder zurück sind und Mike mit den Kindern noch zu seiner Adoptivmutter möchte. Ich verlasse die Situation und lasse meine Mädchen mit Mike alleine, ich habe keine andere Wahl. Alles andere würde in einer Eskalation enden und Lina und Ella noch mehr belasten. Ich möchte nur noch, dass meine Mädchen so wenig von dem Stress mitbekommen, wie es nur geht.

In den folgenden Tagen bin ich tagsüber bei den Kindern in unserer gemeinsamen Wohnung und Mike geht ganztags arbeiten. So haben Lina, Ella und ich immer mal wieder ungestörte, ruhige Stunden miteinander.

Silvester eskaliert die Situation zwischen Mike und mir erneut. Mike verstrickt sich in Lügen und möchte mich nicht in Ruhe lassen. Vor Lina und Ella packt er mich auf offener Straße und droht mir an, mir eine Kopfnuss zu geben. Ich möchte raus aus der Situation, Ella klammert sich an mich, Mike lässt von mir ab. Ich gehe gemeinsam mit Ella in meine Wohnung. Mike nimmt Lina an die Hand und macht ihr deutlich, dass sie mit ihm mitgehen soll.

Ich liege im Bett, neben mir meine schlafende, bezaubernde Tochter. Ich beobachte ihren ruhigen Schlaf, während ich durch das Fenster das Feuerwerk am Himmel sehen kann. Ein neues Jahr beginnt. Ich weiß nicht, was auf mich zukommt in diesem neuen Jahr. Es macht mir Angst. Ich fühle mich alleine und die große Liebe zu meinen Kindern und das Getrennt-Leben von ihnen schmerzen tief in mir. Tränen laufen mir über die Wangen.

Anfang Januar bekomme ich einen Anruf von Mike: „Na, hast du dich jetzt endlich auch anwaltlich beraten lassen?" Ein unglaublicher Zufall hat es möglich gemacht, dass Mike bei der gleichen Anwältin einen Termin hatte, bei der ich vor meinem Auszug vor zwei Wochen war. Sie hatte seinen Nachnamen wohl falsch verstanden und erst nachdem das Gespräch etwas fortgeschritten war, bemerkt, dass es sich um meinen Mann handeln muss. Ich hatte eigentlich vor, mich wieder bei ihr zu melden, auch wenn sie mir zu hart erschien, nun war das Vertrauen vollends im Keller und ich meldete mich nie wieder bei ihr.

Ich möchte, dass Lina und Ella öfter bei mir in meiner Wohnung übernachten. Bisher bin ich jeden Tag in der gemeinsamen Wohnung bei Lina und Ella. Wir verbringen die Tage miteinander, und ich bringe sie abends ins Bett und bin morgens noch vor dem Aufwachen wieder bei ihnen. Durchzusetzen, dass die Kinder auch zu mir in die Wohnung kommen können, und Mike deutlich zu machen, dass ich auch wieder nachts bei meinen Kindern sein möchte, ist mit Kampf verbunden. Mike schlägt vor, dass ich wieder bei ihnen schlafen könnte. Alleine der Gedanke daran, und dass Mike mich nachts wieder einsperrt und zum Reden zwingt, macht mir panische Angst. Lina und Ella machen Mike deutlich, dass auch sie nachts bei mir sein und bei mir schlafen wollen. Nur so lenkt Mike ein und Lina und Ella schlafen nun regelmäßig auch bei mir. Nach einigen Wochen gehe ich auf dem Zahnfleisch. Ich kann nicht mehr. Nebenbei arbeite ich und suche nach größeren Wohnungen.

Ella ist mit ihren fünf Jahren sehr auf mich fixiert. Sie sagt immer wieder, dass sie mit mir in meine neue Wohnung ziehen möchte, wenn ich eine größere Wohnung habe. Und diese Wohnung ist auf einmal da. Ich bezeichne mich in diesem ganzen Wahnsinn doch immer wieder auch als ein „Glückskind". Der Wohnungsmarkt ist dicht, die Vermieter können sich ihre Mieter aussuchen. Auf einmal brauche ich als erwachsene, berufstätige Frau eine Bürgschaft meines Vaters, um auf dem Wohnungsmarkt überhaupt irgendwelche Chancen zu haben. Ina begleitet mich zu den Wohnungsbesichtigungen. Bei unserer dritten Besichtigung drängen sich mehrere Bewerber in einer perfekt gelegenen 4-Zimmer-Wohnung mit zwei Balkonen und einer erschwinglichen Miete. Ina und ich wissen sofort *„Das ist sie!"*. Ich male mir meine Chancen gering aus, denn laut aktueller Mieterin gibt es aktuell um die 200 Bewerber für die Wohnung. Sie würde sich im Laufe des Wochenendes melden. Am Sonntagabend glaube ich schon nicht mehr daran, als plötzlich mein Handy klingelt und ich eine Zusage für die Wohnung bekomme. Mir fallen tausend Steine vom Herzen, ich bin erleichtert und überglücklich und endlich wieder mit einer Perspektive. Raus aus der 1-Zimmer-Wohnung und endlich in eine Wohnung, in MEINE Wohnung mit genügend Platz für die Mädchen. Lina und Ella können ein eigenes Zimmer haben und endlich auch bei mir wohnen. Raus aus der Situation, jeden Morgen um 7:00 Uhr in der gemeinsamen Wohnung zu stehen, bis abends in einer mir inzwischen fremd gewordenen Wohnung zu bleiben und Mike zu ertragen. Mitte Februar kann ich umziehen. Seit Dezember bin ich schon fleißig dabei, über Kleinanzeigen Möbel für die neue Wohnung zu kaufen. Ich stelle sie bei Mats unter, sein Wohnzimmer ist kaum noch begehbar, alles steht voll mit meinen Möbeln.

Meine Kräfte schwinden allmählich zwischen Arbeit, Wohnungssuche, Möbelsuche und meinen Kindern. Ich bin erschöpft. Erschöpft, aber frei!

Welches Aggressionspotenzial Mike hat, können Außenstehende immer wieder in kleinen Situationen erleben. Nachdem ich die neue Wohnung gefunden habe, freut Ella sich und berichtet freudig am Morgen im Kinderladen, dass sie mit mir umzieht. Die Erzieherin reagiert ebenso freudig auf sie und sagt:

„Toll, dann musst du ja nur einmal über die Stresse gehen und bis schon hier im Kinderladen."Mike wird wütend und schnauzt die Erzieherin an „Sie wohnt jawohl auch noch bei mir!", und verlässt wutentbrannt den Kinderladen.

Die Wochen bis zum Umzug vergehen schnell. Meine Kinder vermissen mich, wenn sie bei Mike sind, das zerreißt mir das Herz. . Oft weine ich und wenn ich in dieser Zeit nicht Mats an meiner Seite gehabt hätte, hätte ich wohl niemals diese Kraft aufbringen können. Die Trennung, der Umzug und der Trennungsschmerz von meinen Mädchen ist ein Kraftakt. Bei Mats tanke ich immer wieder Energie. Er ist da, hört mir zu, redet mit mir, überlegt mit mir und gewährt mir bei ihm immer wieder eine kleine Auszeit von diesem ganzen Wahnsinn. Ich habe viel Grund dafür, im dankbar zu sein.

Und dann ist es soweit: Wir sind umgezogen und finden uns recht schnell in der neuen Wohnung ein. Mike und ich verhandeln mehr schlecht als recht eine Art Wechselmodell. Mir ist klar, dass ich Schritt für Schritt vorgehen muss, weil Mike sich niemals freiwillig darauf einlassen würde, dass die Kinder mehr als 50% der Zeit bei mir sind. Die Kinder sind der einzige Punkt, über den er mich noch erreichen kann. Jedes Mal wenn wir uns begegnen, beginnt er zur Sekunde ein Gespräch über unsere Beziehung und darüber, dass ich zurück kommen soll. Es ist unerträglich und die Kinder stehen immer mittendrin. Mike hat nach wie vor Hoffnung, dass wir wieder zueinanderfinden. Am 6. Geburtstag von Ella sitzt er weinend vor mir und fleht mich an, wieder zurückzukommen, ich würde ihm so schrecklich fehlen, und die Kinder wollten endlich wieder ein richtiges Zuhause mit Vater und Mutter. Zwei Tage später feiert Ella ihren Geburtstag im Kinderladen. Traditionell machen die Eltern dafür das Frühstück. Bisher habe ich dies die gesamte Kinderladenzeit alleine für Lina gemacht und die vergangenen zwei Jahre auch alleine für Ella. In diesem Jahr möchte er unbedingt mitmachen. Ich habe mich um alles gekümmert und alles organisiert. Die Kinder schlafen an diesem Tag bei mir, und wir sind schon im Kinderladen bei den Vorbereitungen, als Mike hektisch und viel zu spät reinkommt und mich von hinten umarmt und küsst. Ich bin wie erstarrt, kann aber in dieser Situation, im Beisein der Kinder und Erzieherinnen nichts anderes tun, als es über mich ergehen lassen. Ich fühle mich bedrängt und übergangen.

Der Geburtstag ist für Ella schön und anschließend möchte sie noch im Kinderladen bleiben. Mike und ich gehen gemeinsam raus. Er zum Auto, ich zu meiner neuen Wohnung, eine Straßenlänge entfernt. Kurz vor meiner Haustür schließe ich mein Fahrrad auf, um noch Besorgungen zu machen, Mike steht auf einmal wieder hinter mir. Ich erschrecke und er grinst mich an. Er möchte reden. Ich versuche, mit meinem Fahrrad an ihm vorbei zu kommen. Da greift er in meine Jacke und schnürt den Kragen um seine Hände, um mich an ihn heranzuziehen. Er bedroht mich. Zum ersten Mal in all den Jahren ziehe ich mein Handy aus der Tasche und sage klar und entschieden, dass er mich sofort loslassen soll, sonst würde ich die Polizei anrufen. Er lässt von mir ab, blockiert aber meinen Vorderreifen, so dass ich noch immer in dieser Situation gefangen bin. Ich bin energisch, gehe rückwärts aus der Situation und fahre ganz schnell weg.

Am nächsten Morgen unter der Dusche wundere ich mich, warum es mir so weh tut, meine Arme nach oben zu bewegen, und warum es mir am Schlüsselbein so weh tut. Langsam erinnere ich mich und erschrecke bei dem Gedanken an die gestrige Situation. Mir fällt es wie Schuppen von den Augen. Ich bin tief erschrocken und entsetzt von mir selbst. Hier greift offenbar der Mechanismus des Verdrängens gut. Ich habe Minuten gebraucht, um mich wieder an die Situation zu erinnern und einen Zusammenhang zu den Schmerzen herzustellen. Ich verlasse die Dusche, schaue mich im Spiegel an und kann ein Hämatom am Schlüsselbein erkennen. Mike hat mich gestern so stark gepackt, dass mir das Schlüsselbein bis in meine Schultern schmerzt. Diesmal gehe ich ganz ohne Aufforderung von Ina direkt zum Arzt und lasse es dokumentieren.

Es folgen die Osterferien. Mike fährt mit Lina, Ella und unseren Hunden nach Italien zum Skifahren. Mir ist nicht gut. Ich habe

Sorge und merke zunehmend, dass sich die Gesamtsituation nicht entspannt, wie erhofft, sondern sich eher mehr und mehr zuspitzt. Ich nutze die Zeit des Urlaubes und lese, recherchiere und versuche irgendetwas zu finden, was mir jetzt helfen könnte. Mike drohte mir mehrmals damit, sich das Leben zu nehmen. Ich habe Angst, dass er dies umsetzt und Lina und Ella ebenfalls etwas antut. So vereinbare ich einen Termin beim Sozialpsychiatrischen Dienst. Der Psychiater vor Ort beruhigt mich ein wenig. Nach seiner Einschätzung wird Mike sich nicht das Leben nehmen. Er beschreibt den Mechanismus, dass Mike bisher gewohnt war, dass ich auf ihn reagiere. Da ich dies nun nicht mehr in gewohnter Form tue, muss er immer extremer werden, um eine Reaktion von mir zu bekommen. So droht er mit einem Suizid, um mich in die Reaktion zu bekommen.

Das Gespräch hilft mir auch, weil ich das Gefühl habe, endlich mit einem Menschen zu sprechen, der die Persönlichkeitsstruktur von Mike kennt und sie mir beschreiben kann. Alles, was er mir erklärt oder mich fragt, trifft auf Mike zu.

Ich beschreibe, dass ich aus Sorge und Rücksicht zu meinen Kindern immer wieder auf die Forderungen meines Mannes eingehe und immer versuche, auf ihn zuzugehen. Der Psychiater macht mir sehr deutlich, dass das wichtigste für die Kinder in dieser Situation Klarheit und Sicherheit sei. Mike würde ihnen dies aktuell nicht geben können. Er sei viel zu sehr mit sich und der Situation beschäftigt. Er sagt, die einzige Chance für die Kinder sei ich. Obwohl auch ich mehr als am Limit bin, gibt mir dieser so formulierte „Auftrag" des Psychiaters, für meine Kinder da zu sein, neue Kraft und Energie. Ich soll mich klar abgrenzen, klar die Kommunikation mit Mike reduzieren und versuchen, ihm sehr deutlich zu machen, dass wir getrennt sind.

Diese neue Haltung spürt Mike nach dem Urlaub sofort und reagiert prompt mit Härte und Mauern. Ich möchte nach wie vor mit ihm sprechen und gute Lösungen für die Kinder finden. Mike lässt es zu keinem konstruktiven Gespräch kommen. Er verdreht Wörter, dreht sich im Kreis, macht mir Vorwürfe, springt in den Themen und jedes Gespräch wird zu einem Kraftakt.

Zwischendrin bittet er mich immer wieder um ein Gespräch „auf neutralem Boden" und möchte mit mir essen gehen, um unserer Beziehung eine Chance zu geben. Gleichzeitig bekomme ich mit, dass er über ein Datingportal Kontakt zu anderen Frauen sucht. Die Vorstellung davon, mit Mike einen ganzen Abend in der Öffentlichkeit verbringen zu müssen, ist inzwischen der größte Horror für mich. Ich weiß, dass es keine Gespräche zwischen uns geben wird. Gesprächsbereit ist er nur, wenn ich mit ihm über die Bedingungen für das Weiterführen der Beziehung spreche, da würde er mir alles versprechen, was ich möchte. Ich weiß, alle anderen Themen werden abgeblockt und verdreht.

Die Gespräche über die Betreuung der Kinder werden immer schwieriger. Nachdem ich davon ausging, dass die Kinder den 1. Mai, einem Feiertag, mit mir verbringen, da wir dies so abgesprochen hatten, folgt eine ewige Diskussion, bei welcher er mir am Ende droht, die Polizei anzurufen, wenn ich die Kinder am 1.Mai um 9:00 Uhr nicht zu ihm bringen würde. Woher dieser plötzliche Wandel kommt und er sich nun nicht mehr an den abgesprochenen Plan für Mai halten möchte, ahne ich zu diesem Zeitpunkt noch nicht. Ich habe inzwischen eine neue Anwältin und rufe diese zur Beratung an. Sie rät mir, mit den Kindern den Tag nicht zu Hause zu verbringen, auch zu unserer Sicherheit. Rein rechtlich könne Mike nichts tun, da wir gemeinsames Sorgerecht haben und ich außerdem den schriftlichen Plan unserer Betreuungsvereinbarung vorliegen habe.

Ich folge dem Rat meiner Anwältin. Nicht ohne von Mike die Quittung dafür zu erhalten und zu verstehen, was Mike nun plant. Eine Woche später kommen Lina und Ella die Treppen bei mir hoch und Ella sagt mir zur Begrüßung „Wir sind jetzt nur noch alle zwei Wochen bei dir und dienstags, außer, wenn das ein freier Tag ist."

Ich bin wie vor den Kopf gestoßen und in Panik. Lina und Ella beginnen zu diesem Zeitpunkt bereits, mich abzulehnen und mich für die ganze Situation verantwortlich zu machen. Papa ist so traurig und ich bin schuld. Ich habe Papa und sie verlassen und habe einen anderen Mann lieber als sie. So die

Vorwürfe von Lina und Ella, welche in ihren Formulierungen wie aus Mikes Mund gesprochen wirken.

Einen Tag später bekomme ich Ellas Aussage noch einmal schriftlich per E-Mail von Mike:

„[...] Ich weise auch daraufhin, dass du am 15.12. ausgezogen bist und ich die Kinder nachweislich bis zum April-Plan so betreut habe, wie es in dem Schreiben steht.
Die Kinder brauchen in dieser schweren Zeit ein stabiles Zuhause, welches ich ihnen auch schon vor unserer Trennung geboten habe und biete. Das Umgangsrecht in diesen Fällen sieht vor, dass die Kinder von Freitag - Sonntag nur alle 14 Tage zu sehen sind.
Da ich dies nicht verhindern möchte, gewähre ich dir mehr als den doppelten Umgang.
Da es keinerlei Diskussion mit dir um Betreuungsmodelle, als auch um die Tage gibt, habe ich mich an das Gericht gewendet. Der Mai-Plan wird dir von mir zur Verfügung gestellt. (...)"

Nun endlich habe auch ich verstanden, dass es offenbar nicht ohne Anwälte und ohne Gericht gehen wird. Ich vereinbare einen Termin bei meiner Anwältin, und sie stellt beim Familiengericht einen Antrag für mich auf Übertragung des Aufenthaltsbestimmungsrechtes. Die Familiengerichtliche Verhandlung wird auf den 6. Juni terminiert.

5.

Nicht ohne meine Töchter

Im Vorfeld des Familiengerichtlichen Verfahrens nimmt das Jugendamt und auch ein bestellter Verfahrensbeistand (der sogenannte „Anwalt des Kindes") mit mir Kontakt auf. Ich vereinbare mit dem Verfahrensbeistand einen Termin bei mir zu Hause.

Der Verfahrensbeistand, ein großer Mann, von Beruf Anwalt mit Zusatzausbildung, kommt uns besuchen und möchte mit mir alleine und mit den Mädchen sprechen. Er ist als Anwalt der Kinder im Verfahren beteiligt und soll den Willen der Kinder vertreten. Er ist Rechtsanwalt, kein Pädagoge oder Psychologe.

Er hört sich eine halbe Stunde lang an, was ich denke, wie die Situation aussieht und macht sich Notizen. Im Anschluss befragt er die Mädchen alleine im Wohnzimmer, was sie sich wünschen. Meine Mädchen antworten, dass sie nicht getrennt werden wollen und Mama und Papa beide für sich behalten wollen. Der Verfahrensbeistand besucht im Anschluss Mike und befragt die Mädchen bei ihm noch einmal.

6. Juni beim Familiengericht
Der Verfahrensbeistand gibt kurz und knapp seine Einschätzung ab. Er meint, dass die Kinder bei beiden Eltern gut aufgehoben sind und wir das Wechselmodell anstreben sollten. Das Jugendamt teilt seinen Eindruck von den anderthalbstündigen Gesprächen mit, welche im Vorfeld der Verhandlung mit Mike und mir geführt wurden, und die Richterin stellt ein paar Fragen. Alle

drei Entscheider (Verfahrensbeistand, Jugendamt, Richterin) sind der Meinung, dass wir zwei intelligente Menschen sind, beide über ausreichend materielle und finanzielle Ressourcen verfügen, sowie beide beruflich so flexibel sind, dass eine hälftige Kinderbetreuung kein Problem sei.

Meine Anwältin wagt einen Vorstoß und führt die 13 Jahre häusliche Gewalt und den Umstand an, dass bis zum Zeitpunkt der Trennung die Kinderbetreuung fast ausschließlich von mir übernommen worden war.

„Was in der Vergangenheit liegt, wollen wir uns heute hier nicht anschauen, wir blicken jetzt positiv in die Zukunft", ist der Kommentar der Richterin zu den geschilderten Sachverhalten. Mein Einwand, dass ich möchte, dass ein psychologisches Gutachten erstellt wird, kommentiert die Richterin mit: „Gut, wenn Sie es darauf ankommen lassen wollen. Die Gutachterin hat immer viel zu tun, das kann bis zu einem Jahr dauern. Bis zur Fertigstellung des Gutachtens werden die Kinder dann dort leben, wo sie amtlich gemeldet sind, und das ist beim Vater."

Unter Schock stimme ich der Richterin zu und wir kommen zu der „Einigung" dass unsere beiden Töchter, 6 und 10 Jahre alt, ab sofort im Wechselmodell leben werden.

Die Sachbearbeiterin vom Jugendamt gibt dem Gericht noch die Empfehlung ab, dass wir keinen wöchentlichen Wechsel durchführen sollten, sondern eine sogenannte 5-5-2-2 Regelung, da Ella eine Woche ohne die Hauptbezugsperson noch nicht gut verkraften würde. So sind die Kinder ab sofort Montag und Dienstag bei mir und Mittwoch und Donnerstag bei Mike. Die Wochenenden wechseln.

Ich bin fassungslos. Nachdem ich 13 Jahre lang traumatisiert und gedemütigt worden bin, kommt nun vielleicht der wesentlich schlimmere Teil an Demütigung und Unrecht auf mich zu. Zwar ohne körperliche Gewalt, dafür bin ich ohne meine Kinder. Das ist keine Entscheidung für die Kinder, sondern eine Entscheidung für die Eltern, damit kein Elternteil benachteiligt ist.

In den kommenden Tagen versuche ich, meinen Schock zu verarbeiten und das Positive in diesem Vergleich zu sehen.

Immerhin kann Mike nun keine Willkür mehr walten lassen und muss sich an die im Gericht beschlossene Vereinbarung halten. Vielleicht kommt es zwischen uns nun nicht mehr zu den Eskalationen und die Kinder dadurch etwas mehr zur Ruhe, denke ich.

Neben dem Wechselmodell wurde vom Gericht eine Mediation angeordnet, um die elterliche Kommunikation zu verbessern. Wir sollen uns beide innerhalb einer Frist bei der zuständigen Mediationsstelle melden und gemeinsame Termine vereinbaren. Mediationen und Paartherapien kennen wir, denn wir haben jahrelang bei unterschiedlichen Stellen versucht, unsere Ehe dadurch zu stabilisieren. Ich melde mich telefonisch wenige Tage nach dem Gerichtstermin. Mike lässt Wochen ins Land streichen. Ich erinnere ihn mehrmals, dann meldet er sich dort. Mein Bedarf an Gesprächen ist groß, Ella wird in zwei Wochen eingeschult und wir haben noch gar nichts besprochen oder geregelt.

Die ersten beiden Termine finden in Einzelsitzungen statt, Themen sollen gesammelt werden. Beim ersten gemeinsamen Termin stehe ich alleine in der Mediationsstelle. Ich hatte inzwischen bei der Polizei einen Strafantrag wegen Körperverletzung gestellt und Mike am Tag zuvor Post von der Polizei bekommen mit der Mitteilung, dass ich ihn wegen häuslicher Gewalt angezeigt habe. Er erklärt der Mediatorin am Telefon, dass er sich nicht imstande sieht, sich mit mir an einen Tisch zu setzen und daher nicht zum gemeinsamen Termin erscheinen wird. Die Mediatorin zeigt Verständnis für Mike. Sie wusste von mir bereits von der Strafanzeige und sagte mir beim ersten Termin, dass dies die Paarebene betrifft. Wir seien aber hier, um auf der Elternebene Dinge zu klären, daher sähe sie darin kein Problem. Nun, wo Mike Schwierigkeiten hat, Paarebene von Elternebene zu trennen, sieht auch die Mediatorin das Ganze etwas anders. Sie sagt mir, dass es häufig ungünstig sei, eine Strafanzeige zu stellen, wenn Dinge auf der Elternebene zu klären seien. Ich solle mir überlegen, ob ich die Anzeige im Interesse der Kinder nicht zurückziehen will. Ich bin fassungslos. Es hat mich so viel Mut und Überwindung gekostet, diese

Anzeige zu stellen. Ich bin drei Mal bei der Polizei gewesen, weil ich mir immer wieder unsicher war und Angst hatte. Ina stand mir dabei zur Seite. Im Vorfeld hatte ich mich in einer Beratungsstelle beraten lassen und ein langes Telefonat mit einer anonymen Hotline der Polizei für häusliche Gewalt geführt. Diesen ersten Schritt hatte ich lange durchdacht, und er war mir nicht leicht gefallen, aber ich war stolz auf mich, dass ich es doch geschafft hatte.

Und nun sitze ich an professioneller Stelle einer Frau gegenüber und höre nicht, dass es mutig und richtig sei, wenn sich Frauen gegen Gewalt wehren, sondern dass es ungünstig sei, und ich für die Kinder überlegen solle, die Anzeige zurückzuziehen. Ich fühle mich an den Pranger gestellt und mir wird von der Mediatorin suggeriert, dass ich durch mein Verhalten eine gute Ebene mit dem Vater meiner Kinder verhindere und die Kinder durch mich leiden müssen.

So bin ich allein mit meiner Liste an Dingen, die ich vor der Einschulung für Ella noch besprechen wollte. Die Mediatorin ruft Mike an, um telefonisch mit ihm über meine Fragen zu sprechen. Er flippt am Telefon aus, sie kann kaum mit ihm sprechen, immerhin können aber die dringlichsten Dinge geklärt werden. Ich habe Hoffnung, dass die Mediatorin nach dem Telefonat mit Mike etwas mehr Verständnis für mich hat und versteht, dass es kaum möglich ist, mit Mike zu sprechen, wenn selbst sie als neutrale Person Schwierigkeiten hat, ein ruhiges und sachliches Gespräch mit Mike zu führen. Weit gefehlt, als die Mediatorin auflegt, kommentiert sie Mikes Gebrüll am Telefon verständnisvoll damit, dass er wegen der Anzeige tatsächlich sehr aufgebracht zu sein scheint. Ich konnte mir nicht verkneifen ihr zu entgegnen, dass dies Mikes normales Verhalten ist und bereits vor der Anzeige schon an der Tagesordnung war.

Die Mediation soll ausgesetzt werden, bis das Strafverfahren gegen Mike beendet ist, dann wird die Mediation wieder aufgenommen. Es folgen Monate ohne äußere Kontrolle, Mike lässt an allen ihm möglichen Stellen Willkür walten. Ich bekomme Post von der Elterngeldstelle mit der Nachricht, dass die Kinder nun beim Vater leben und ich nicht mehr berechtigt sei, Elterngeld zu bekommen. Und das, nachdem ich über zehn Jahre lang nicht nur das Elterngeld für beide Kinder bekommen, sondern auch alle Kosten getragen habe. Mein Einspruch wird von der Elterngeldkasse abgelehnt, weil die Kinder mit Hauptwohnsitz bei Mike gemeldet sind. Bei meinem Auszug wurde ich sogar gefragt, ob ich die Kinder als Hauptwohnsitz oder als Nebenwohnsitz bei mir anmelden möchte. Da ich zu diesem Zeitpunkt keinen Streit provozieren wollte und Mike und ich vereinbart hatten, dass wir die Meldung der Kinder fair bei einer Beratung besprechen, habe ich beide nur als Nebenwohnsitz bei mir angemeldet. Inzwischen wusste ich, dass es ohne Mikes Einwilligung gar nicht möglich gewesen wäre, die Kinder einfach umzumelden. Bei einem Kinderarztbesuch wird mir mitgeteilt, dass meine Versichertenkarten von Lina und Ella gesperrt sind. Nach einem Anruf bei der Krankenkasse bekomme ich mitgeteilt, dass Mike bei der Krankenkasse angegeben hat, dass er alleine sorgeberechtigt ist und er meine Karten hat sperren lassen und sie ihm neue Karten zugesendet haben. Ich bekomme keine Auskunft mehr, es sei denn, ich könne nachweisen, dass ich noch das Sorgerecht habe. Vollkommen irrelevant ist hierbei, dass beide Kinder seit der Geburt über mich familienversichert sind und auch Mike bis vor zwei Jahren über mich familienversichert war, da er ja kein eigenes Einkommen hatte.

Wunderlicherweise fragte ihn offenbar niemand nach einem Nachweis, bevor sie eine Auskunftssperre für mich verhängt haben. Nachdem ich den Gerichtsbeschluss zur Krankenkasse gesendet habe, wird zwar wieder mit mir gesprochen, wirklich helfen können sie mir aber nicht. Wenn ich mit den Kindern zum Arzt gehe, müsse ich mich mit dem Vater auseinandersetzen.

Bei Gericht wurde mir bewilligt, dass ich Lina bei einer Psychologin vorstellen darf. Dies tue ich nun und melde sie bei einem großen Institut für Kinder und Jugendpsychotherapie an. Nach wenigen Sitzungen hat Lina keine Lust mehr, zur Therapie zu gehen und auch die Therapeutin findet, unsere Tochter ist ein tolles Mädchen ohne großen Therapiebedarf. Aber sie kann uns Elterngespräche anbieten. Mike drängt dahin. Denn nun sieht die Geschichte plötzlich folgendermaßen aus: Die Mediation wurde wegen meiner Strafanzeige auf Eis gelegt. Mike wünscht sich Gespräche, kann aber auch nichts dafür, dass die Mediatorin wegen mir die Mediation unterbrochen hat. Er fragt mich, was ich davon halten würde, wenn wir zwischenzeitlich, bis die Mediation wieder aufgenommen wird, zum therapeutischen Institut zu Frau Sandholz, der Therapeutin von Lina gehen würden. Hier zahlen wir zwar selbst 50 Euro pro Sitzung, aber das könne es uns ja wert sein. So sitze ich fortan alle 14 Tage eine Stunde mit Mike bei Frau Sandholz. Die Irritationen, dass ich diese Vermischung höchst unprofessionell finde, lasse ich außer Acht, so wie ich mir in den vergangenen Jahren ohnehin abgewöhnt hatte, auf mein Bauchgefühl zu hören. Wir starten also mit der Elternberatung bei Frau Sandholz. In den Sitzungen habe ich einige Anliegen, die ich geklärt haben möchte, so beispielsweise die Situation mit den Krankenkassenkarten. Mike regt sich tierisch auf, nimmt den Großteil der Zeit für sich in Anspruch und Frau Sandholz kann auch seinen Redefluss nicht unterbrechen. Mike meint, meine Behauptungen seien alles Lügen, nie habe er meine Krankenkassenkarten sperren lasse und dafür habe er auch Beweise. Frau Sandholz bittet Mike, die erwähnten Unterlagen zur kommenden Sitzung mitzubringen. Auch ich versuche, von der Krankenkasse schriftlich zu erhalten, was sie mir am Telefon gesagt haben. Leider werde ich in der Hotline meiner Krankenkasse abgewiegelt, aus datenschutzrechtlichen Gründen dürften sie mir nicht schriftlich geben, dass Mike meine Karten hat sperren lassen, sich selbst als allein Sorgeberechtigten angegeben und einen Antrag gestellt hat, dass die Kinder über ihn versichert werden. Nun steht Aussage gegen Aussage und Mike vergisst, seinen Ordner voll Beweisen in der nächsten Sitzung mitzubringen. Er erwähnt aber noch, dass er einen irren Rechtsstreit mit der Krankenkasse begonnen hätte und ich dazu auch noch einmal etwas hören würde. Die Krankenkasse hat sich dazu nie bei mir gemeldet.

Immer, wenn ich in der Elternberatung Themen anbringe, sind wir ruck-zuck bei unwesentlichen Dingen angelangt, zum Beispiel wie viel Taschengeld wir Ella mit zur Schule geben. Da sind eine Stunde und 50 Euro schnell verbraucht, bis wir uns geeinigt haben, dass wir jeden Montag 25 Cent mit zur Schule geben. Ups, die Krankenkassenkarten oder die emotionalen Befindlichkeiten unserer Kinder sind plötzlich kein Thema mehr.

Frau Sandholz schafft es nicht, die Gespräche zu lenken und beharrt immer wieder auf ihrer festen Strategie: Nach einer Trennung, wenn die Emotionen sehr hoch gekocht sind, ist es wichtig, dass man sich kleinlich an Absprachen hält und beide hier nicht abrücken. Wenn Einigungen getroffen werden, sind diese in Stein gemeißelt. Ihre Devise: Kinder sind anpassungsfähig und wenn wir Vereinbarungen haben, an die wir uns halten, ist der Inhalt für die Kinder eigentlich egal. So treffen wir eine weitere Stunde und 50 Euro später die Vereinbarung, dass ich mich an der für 120 Euro gekauften Winterjacke für unsere 6-jährige Tochter zu 50 Prozent beteilige. Dies stellte für mich kein Problem dar, auch habe ich nicht mit einem Wort angesprochen, dass ich 120 Euro übertrieben finde, noch dass ich feste Schuhe und Winterjacke für Lina gerade alleine getragen habe. Nein, ich wollte schnell weiter, zu wirklich wichtigen Themen. Mike argumentiert allerdings so, dass Frau Sandholz den Eindruck bekommt, ich hätte mich seit Wochen gesträubt, mich an den Kosten der Winterjacke zu beteiligen. Ich komme gar nicht dazu, dies richtig zu stellen und Frau Sandholz wirkt zufrieden, als ich mich bereit erkläre, Mike Geld zu überweisen. Für Frau Sandholz ist es ein großer Erfolg und sie versteht nicht, dass wir eine Stunde über ein Problem gesprochen haben, welches gar keines war. Die Stunde ist um.

Insgesamt ist die Beratung für mich sehr unbefriedigend. Wir kommen zu keinen Ergebnissen, welche die Situation für die Kinder irgendwie entlastet, und ich bin alle 14 Tage der Willkür und Tatsachenverdrehung von Mike ausgeliefert. Um diese Stunden irgendwie hinter mich zu bringen habe ich mir in meinem Kopf einige Strategien überlegt. Ich möchte mich nicht mehr rechtfertigen, weil das die Situationen immer nur schlimmer macht und ich am Ende gar nicht weiß, wovon wir überhaupt reden. Frau Sandholz ist mir keine große Hilfe. Sie versucht allparteilich zu bleiben, endet selbst aber ebenfalls immer an dem Punkt, dass sie froh ist, wenn ich einlenke und einen Schritt auf Mike zugehe und sie eine Lösung für die Themen hat. Sie ist überfordert, kann sich dies aber offenbar selbst gar nicht eingestehen. Es wird immer wieder deutlich, dass sie eine höhere Position im Institut hat und von sich selbst meint, dass sie selbst mit schwierigen Eltern gut arbeiten kann. Bitte! Ich sitze nun Stunde um Stunde da und rede in meinem Kopf mit, wenn Mike 80 Prozent der Zeit seine geistigen Ergüsse zum Besten gibt. In meinem Kopf kommentiere ich ihn immer mit: Ja, ja, bla, bla, du Idiot. Irgendwann finde ich Gefallen daran und muss aufpassen, dass ich nicht versehentlich anfange zu lachen. Ich habe längst begriffen, dass eine gemeinsame Beratung bei Frau Sandholz nicht unsere Kommunikationsprobleme löst und ich mir selbst helfen muss. Die nicht vorhandene Kommunikation zwischen Mike und mir und die Herausforderung, im Wechselmodell Absprachen zu treffen, nehme ich selbst in die Hand. Ich überlege nun immer ganz genau, bei welchen Dingen es Absprachen zwischen Mike und mir geben muss und welche Dinge ich einfach selbst entscheide. Einzig die Tatsache, dass man mich wohl als unkooperativ abstempeln würde, würde ich die Beratung von mir aus abbrechen, lässt mich weiterhin zu diesen Sitzungen gehen.

Ich warte wieder einmal im Wartebereich auf Frau Sandholz zur nächsten Sitzung. Sie kommt und sagt: „Ihr Mann ist schon wieder weg, ich weiß nicht, ob er noch einmal kommt."
Irritiert frage ich, was dies zu bedeuten hat.
„Er hat die Uhrzeit vertauscht, war schon vor einer Stunde hier und konnte nicht sagen, ob er es noch einmal schafft, herzukommen. Ich denke, wir gehen schon mal in den Besprechungsraum und warten auf ihn."
Ich wende ein, dass ich lieber im Wartebereich warten möchte, denn es ist ja immer ungünstig, wenn zwei Personen schon sitzen und die dritte Person zum Setting dazu stößt. Dies fühlt sich für diese Person nicht gut an. Sie gibt mir Recht und wir stehen zusammen im Wartebereich, als eine ehemalige Angestellte von Mike reinkommt. Sie möchte ihren Sohn abholen,

sieht mich und lächelt mir zu. Ich spüre, dass sie Kontakt zu mir sucht, ich bin zurückhaltend, denn die Therapeutin steht ja neben mir. Die Mitarbeiterin kommt auf mich zu und ich merke, sie kann nicht an sich halten: „Ich habe Mike vorhin gesehen. Puh! Das erste Mal seit der Kündigung. Gott sei Dank. Oh man, ich habe gehört dass du dich getrennt hast! Herzlichen Glückwunsch. Mein Beileid! Echt! Mein Beileid! Alles Gute für dich und die Kinder, das ist bestimmt nicht leicht, der ist ja total irre! Ich habe mich jetzt mit den anderen zusammenge-tan und wir stehen mit ihm vor Gericht. Das ist echt ein kran-ker Typ! Alles Gute für euch. Mein Beileid!" Und weg ist sie. Ich komme gar nicht dazu, irgendetwas zu sagen, lächle, nicke und jubele innerlich, dass sie all das vor Frau Sandholz los-wurde. Juhu! Ich habe große Hoffnung, dass Frau Sandholz spätestens jetzt etwas merkt und sich positioniert und den Fokus auf die Kinder lenkt. Weit gefehlt. Mike hetzt herein und Frau Sandholz freut sich „Dann können wir ja jetzt starten." Wir gehen in ihren Beratungsraum und beginnen.

Nun geht es um das Thema Himmelfahrt: Seit meiner Ge-burt fahre ich jedes Jahr an Himmelfahrt zu einer Feier mit Freunden und Familie. Seit die Kinder geboren sind, fahren auch sie jedes Jahr mit. Der Veranstaltungsort ist idyllisch ge-legen, eine Stunde Autofahrt entfernt im Grünen. In diesem Jahr möchte Mike nicht, dass die Kinder mitkommen, obwohl ihm sehr bewusst ist, dass es den Kindern sehr viel bedeutet und sie dies auch uns beiden gegenüber so formulieren, wenn das Thema Himmelfahrt aufkommt. Heute bleibe ich fest stehen. Im vergangenen halben Jahr wurden immer schnell Lösungen gefunden, weil ich sehr kompromissbereit war. Ich habe immer schnell eingelenkt und vergeblich darauf gehofft, dass Frau Sandholz unsere Kinder im Blick hat. Ihr sind Inhalte für die Kinder egal, Hauptsache die Eltern sind sich einig. Einigkeit und Recht und Freiheit. Für Mike – ich, seine Frau, tue, was ich seit 13 Jahren gelernt habe: nachgeben, geschmeidig sein, Kompromisse finden.

Hier nicht. Es würde mir das Herz zerreißen, wenn ich den Kindern sagen müsste, dass ich ohne sie fahre.

Ich bleibe standhaft. Frau Sandholz sagt, dass sie so die Sitzung nicht weiterführen kann. Sie gibt mir eine Woche Bedenkzeit, ich solle mir überlegen, ob ich bereit sei, von meinem Standpunkt abzurücken und mich einverstanden erkläre, dass die Kinder nicht mitkommen, immerhin fällt Himmelfahrt auf einen Donnerstag, den Betreuungstag von Mike. Es sei wichtig, dass wir die vom Gericht festgelegten Strukturen einhalten. Für die Kinder sei diese feste Struktur ebenfalls wichtiger als das Familienfest. Sollte ich nicht einlenken, würden die Sitzungen mit uns nicht fortgeführt.

Ich bleibe standhaft und formuliere in einem Brief, was ich von Frau Sandholz erwarte.

„Sehr geehrte Frau Sandholz,
wie ich gestern nach der Sitzung schon gesagt habe, bin ich mehr als irritiert vom Ausgang der Sitzung und möchte dazu gerne meine Gedanken loswerden.
Ich verstehe Ihren Ansatz, dass Klarheit zwischen den Eltern und Klarheit im Allgemeinen das Wichtigste für die Kinder sind.
Die erste Viertelstunde der Sitzung habe ich <u>*nicht einen Satz*</u> *gesagt, und bei der Hälfte der Sitzung waren Sie an dem Punkt, dass Sie uns „entlasten" wollten, da Sie das Gefühl hatten, wir kommen nicht weiter und müssen die Dinge demnach über das Gericht klären.*
Ich fühle mich bis zu diesem Zeitpunkt von meinem Mann mehrfach aggressiv und laut angegangen. Er hat fast ausschließlich Monologe mit Vorwürfen und ohne Inhalt geführt und ich konnte meine Gedanken und Ideen nicht einmal äußern. Nachdem Sie das ausgesprochen hatten, wurde mein Mann sofort ruhig und kooperativ.
Um kurz vor 19:00h war dann das Ergebnis der Sitzung, dass ich mich noch innerhalb der Sitzung auf seine Regelung einlassen soll. Kann ich dies nicht tun, brechen Sie die Beratung mit uns ab. Ich fühlte mich von Ihnen und meinem Mann massiv in die Ecke gedrängt und unter Druck gesetzt. Das Setzen der „Frist" von 14 Tagen verstärkte dies. Kann ich mich innerhalb von 14 Tagen entschließen, dass wir die Regelung so wie von meinem Mann vorgeschlagen machen, kann die Beratung bei Ihnen weitergeführt werden. Kann ich

dies nicht, geht es nicht weiter mit der Elternberatung. Das bedeutet, der Fortbestand einer Beratung hängt nun ausschließlich an mir (so wie mein Mann es auch formuliert hat, ich „torpediere" nun auch diese Beratung!).

*Sie merken, ich bin mehr als aufgebracht und als ich gestern aus dem Institut gegangen bin, dachte ich „**Ich wurde gerade erpresst**".*

***Mein Wunsch an Sie:** Wir machen einen neuen Termin und Sie stellen noch einmal dar, warum Sie sich die Fortführung der Beratung nicht vorstellen können, unabhängig von meinem Zugeständnis.*

***Mein Vorschlag:** Wir machen weiter mit den Beratungen, allerdings im Tandem und Sie holen sich einen männlichen Kollegen an die Seite.*

Mit freundlichen Grüßen
Caja Hiller"

Ihre Antwort lässt zwei Wochen auf sich warten. In einer ausweichenden Antwort erläutert sie noch einmal ihren Ansatz der Beratung und geht auf meinen Brief nicht im Ansatz ein.

Meine Antwort folgt:

„Sehr geehrte Frau Sandholz,
vielen Dank für Ihre Antwort.
Sie erklären in dieser noch einmal ausführlich Ihren Ansatz der Beratung.
Auf meine Gedanken, dass Sie das Ende der Beratung damit begründen, weil ICH mich nicht auf die von meinem Mann vorgeschlagene Ferienregelung 2019 einlassen möchte, sind Sie leider nicht eingegangen.
Mir ist es ein Anliegen, noch einmal deutlich zu machen, dass ich den Verlauf der Beratung als sehr unglücklich empfinde.
Bei der letzten Sitzung sollte es um die Ferienregelung gehen. Klar ist, dass wir uns an den Gerichtsbeschluss halten.

Unklar waren für mich folgende Punkte:
* *Sie sagten, Sie verstehen nicht, warum ich auf die Mail von meinem Mann überhaupt antworte, wenn es doch einen Plan*

gibt, den könnten wir doch so stehenlassen, das würde vieles vereinfachen. Dazu wollte ich sagen, kam aber leider nicht zu Wort: „Ich schickte meinem Mann einen Blanko-Plan mit der Bitte, seine Wünsche einzutragen. Der Plan kam dann zurück und der dringende Wunsch nach Himmelfahrt mit den Kindern wurde ausdrücklich nicht berücksichtigt. Zudem wurde die gerichtliche Regelung dort übergangen, indem mein Mann die Feiertage ausgeklammert hat und die Weihnachtsferien nicht aufgeschrieben hatte."

Ich hatte einen Vorschlag dabei, welcher die gerichtliche Regelung und auch Ihren Beratungsansatz von klaren Strukturen inbegriffen hatte. Ich konnte diesen nicht zeigen, da weder mein Mann noch Sie mich haben ausreden lassen. Die von meinem Mann vorgeschlagene Regelung beinhaltet, dass die Kinder an ALLEN Feiertagen in diesem Jahr bei meinem Mann sind, an ihren Geburtstagen bei meinem Mann sind und an Heiligabend bei meinem Mann sind und der vom Gericht angeordnete Ausgleich für das Jahr ist nicht berücksichtigt. Mir geht es in keinem Fall um das Feilschen von Tagen. Ich kann gut damit leben, wenn die Kinder hier und da öfter bei meinem Mann sind als bei mir. Allerdings gibt es einige Stellen, an welchen ich die Kinder gerne entlasten würde, denn hier ist der Vorschlag meines Mannes nicht mit Blick auf die Kinder ergangen. Sie argumentierten damit, dass es wichtiger für die Kinder ist, dass es klare Strukturen gibt, denn Kinder sind „anpassungsfähig".

• *Feste Strukturen sind auch Einigungen, an welche beide Elternteile sich halten und was den Kindern dadurch Klarheit und Sicherheit vermittelt. Ich habe mich an einigen Stellen auf die Wünsche meines Mannes zugunsten der Klarheit, eingelassen (z. B. das Fotografieren der Klamotten der Kinder). Bei dem Urlaubsplan wäre auch eine Absprache möglich, welche beide Eltern vor den Kinder vertreten und ihnen damit Klarheit vermitteln.*

In diesem Fall hieß Klarheit aber: Die Mutter lässt sich auf die Vorgaben des Vaters ein, ohne etwas dazu sagen zu dürfen.

Entschuldigen Sie, wenn ich das so deutlich sage, aber dafür muss ich nicht in die Beratung kommen. Dann hätte ich auf seine Mail mit „okay" antworten können.

Ein weiteres Ziel der Beratung sollte ja sein, so wie Sie sagten, dass wir wieder in der Lage sind, Dinge auch alleine zu klären. Dafür BESPRECHEN wir Dinge unter Moderation (in diesem Falle Sie), finden Lösungen und Einigungen.

- *Insgesamt haben wir in den Sitzungen folgende Einigungen erzielt:*
  - *Ella bekommt jeden Montag 25 Cent mit in die Schule.*
  - *Mein Mann fotografiert die Kleidung der Kinder vor den Wechseln.*
  - *Die Kinder wechseln mit Kleidung, welche der Kleidung die sie beim vorherigen Wechsel trugen, entspricht. Sie müssen nicht die gleichen Sachen tragen.*
  - *Wir informieren uns per E-Mail vor einem Wechsel, wenn eines der Kinder krank ist (was mein Mann in der vergangenen Sitzung eigenmächtig wieder gekippt hat).*
  - *Ich beteilige mich an den Kosten für die Winterjacke von Ella.*

- *Das für mich wichtige Thema der Krankenkasse wurde nicht geklärt. Ich habe dieses eingebracht und mein Mann hat dann auf einmal vorgetragen, worum es geht. Hat dabei aber mein Thema nicht getroffen. Ist dann laut geworden und wir haben das Thema auf die nächste Sitzung geschoben. Sie haben ihn gebeten, wenn er alles schriftlich hat, dann möge er die Unterlagen doch mitbringen. Bei der nächsten Sitzung habe ich das Thema erneut angesprochen. Mein Mann ist direkt laut geworden und machte widersprüchliche Aussagen („Ich werde hier über nichts mehr sprechen, was vor dem 06.06. passiert ist." „Meine Frau kann gerne alle meine Unterlagen haben, das ist gar kein Problem." „Ich werde mich hier nicht kontrollieren lassen und Unterlagen vorzeigen." „Ich führe ohnehin einen Rechtsstreit mit der TK und du wirst noch von Anwälten hören."). Als mein Mann fertig war mit seinem Monolog, ich noch Fragen hatte (z. B. warum ein Rechtsstreit mit meiner Krankenkasse?), haben*

Sie das Thema übergangen und wir haben es zur Seite gelegt, ohne das etwas geklärt war, geschweige denn, dass ich hätte einbringen können, was ich mit dem Thema „Krankenkasse" meinte und warum ich darüber sprechen wollte. Und wir haben zwei Sitzungen damit verbracht.

All dies mag für Sie jetzt unwichtig oder emotional zu aufgewühlt sein. Wenn Sie beiliegenden Artikel lesen, können Sie meine Aufgebrachtheit vielleicht verstehen. Auch dass ich nach wie vor nicht stehenlassen kann, dass Sie sagten, dass die Beratung nicht fortgeführt wird, weil feste Strukturen wichtig sind und ich mich nicht an die festen Strukturen halten möchte, indem ich über Himmelfahrt und Pfingsten sprechen möchte.
Liebe Frau Sandholz, ich bitte Sie um einen Einzel-Gesprächstermin, um die Beratung persönlich abzuschließen.

Mit freundlichen Grüßen
Caja Hiller"

Nach diesem Schreiben höre ich nichts mehr von ihr, so scheitert auch dieser Versuch der Beratung. Natürlich schreibt Mike ab sofort keine Mail, in welcher er nicht drauf hinweist, wie schade es ist, dass die Kommunikation zwischen uns beiden so schwer sei, weil ich nun schon die zweite Mediation abgebrochen habe.

Wir sollen also ein Wechselmodell leben, ohne dass wir miteinander sprechen können und ohne dass es eine der offiziellen Stellen interessiert, dass wir keine gemeinsame Mediation durchführen.

Zwei Monate nach der letzten Sitzung bei Frau Sandholz bekomme ich einen Anruf vom Jugendamt. Ich kenne die Sachbearbeiterin Frau Bologne schon von einem früheren Telefonat. Nachdem ich die Anzeige wegen häuslicher Gewalt gegen Mike gestellt habe, wurde automatisch das Jugendamt informiert und Frau Bologne hatte einen Hausbesuch bei Mike gemacht. Natürlich nicht, ohne dass Mike diesen Besuch per Mail an mich kommentiert:

„Hallo Caja,
zu deiner Information. Wegen deiner Strafanzeige ist das Jugendamt
heute bei mir und befragt die Kinder.

Gruß
Mike"

Für das Jugendamt war damals alles in Ordnung und daher hat es sich danach nicht mehr zuständig gefühlt. Nun hatte Mike aber offenbar Frau Bologne kontaktiert, und sie wollte daraufhin einen Gesprächstermin mit mir. Ich bin fast erleichtert, dass sich endlich wieder eine offizielle Stelle unseres Falles annimmt. Gerade hatte ich selbst darüber nachgedacht, das Jugendamt zu kontaktieren. Mike hatte seit einem halben Jahr eine neue Freundin. Lina und Ella berichteten mir davon, dass Mike und seine Freundin häufig heftig streiten und Lina und Ella nachts durch das Geschrei aufwachen. Sie haben beide Angst und wissen nicht, was sie dann tun sollen.

Da ich inzwischen schon ziemlich desillusioniert bin, was die Fachleute und unser System angeht, bitte ich Ina, mich zum Termin zu Frau Bologne zu begleiten. Ich weiß nicht, was auf mich zukommt, und ich brauche jemanden, der mithört und mir im Zweifel zur Seite steht.

Frau Bologne ist eine sehr junge Frau, mit langen blonden Haaren, künstlichen Fingernägeln und viel Make-up. „Das kann ja heiter werden", denke ich im ersten Moment. Nach wenigen Sätzen merke ich aber, dass ich meine Vorurteile wieder einstecken muss und wir es hier offenbar mit einer sehr jungen Frau zu tun haben, die aber doch zu wissen scheint, was sie hier tut.

Sie sitzt Ina und mir gegenüber und teilt mir mit, dass Mike sie kontaktiert habe und ihr mitgeteilt hat, dass ich die Kinder misshandele. Sie führt den Satz nicht weiter aus, ergänzt aber direkt, dass seine Anschuldigungen so diffus und widersprüchlich waren, dass sie diese Anschuldigungen nicht einmal in der Akte aufgenommen habe und für sie schnell klar war, dass dies nicht stimmen kann. Aber die Tatsache, dass Mike solche

Vorwürfe erhebt, habe ihr doch Sorge bereitet dahingehend, dass die Situation zwischen uns nicht gut sei.

Ich bin erleichtert. Offenbar hat Frau Bologne schnell mitbekommen, dass Mike alles tut, um mich schlecht zu machen und einen Krieg auf den Schultern von Lina und Ella gegen mich austrägt.

Es folgen einige gemeinsame Gespräche beim Jugendamt mit Mike und mir unter Moderation von Frau Bologne. Sie ist sehr engagiert und nimmt unseren Fall mit in verschiedene Beratungssettings mit ihren Kolleg*innen. Auch führt Frau Bologne ein Gespräch mit Lina und Ella, um eine Einschätzung zu bekommen, wie es den beiden Mädchen geht.

Insgesamt kommt Frau Bologne mit ihren Kolleg*innen zum Ergebnis, dass die Kinder aufgrund des elterlichen Konfliktes sehr gefährdet sind und eine Kindeswohlgefährdung vorliegt. Unter anderem auch, weil ich meine traumatischen Erlebnisse mit dem Kindsvater auf die Kinder übertrage.

Es werden viele Ideen von den Fachkräften gesammelt, was man nun tun könnte, um Lina und Ella zu unterstützen. Insgesamt gefällt mir die Ideensammlung der kollegialen Beratungen des Jugendamtes sehr gut. Am Ende umgesetzt wird aber keine dieser Ideen, sondern es wird auf die klassischen Mittel zurückgegriffen und wir sollen ein „Clearing" bekommen. Das bedeutet, ein freier Träger mit spezialisierten Familienhelfern wird engagiert, um acht Wochen lang bei uns zu schauen, ob eine Kindeswohlgefährdung vorliegt und welche Maßnahmen helfen können.

Fast zeitgleich erreicht mich per Post ein Schreiben des Amtsgerichts wegen meiner Anzeige gegen Mike wegen Körperverletzung. Mike bekommt die Auflage, 1000 Euro an einen gemeinnützigen Verein zu überweisen. Ironischerweise an den Verein, in dem wir unsere erste Mediation hatten und bei dem mir die Mediatorin nahelegte, die Anzeige gegen Mike zurückzuziehen. Mike zahlt und das Verfahren wird eingestellt.

Voller Optimismus schaue ich dem Beginn des Clearings entgegen, denn als ein Ziel soll auch das Wechselmodell auf seine Tauglichkeit in unserem Fall überprüft werden. Zusätzlich soll endlich im Tandem gearbeitet werden, das bedeutet mit zwei Fachkräften, einer Frau und einem Mann. Ich habe große Hoffnung, dass nun zwei Fachkräfte genauer hinschauen, wie es Lina und Ella geht, und Ideen entwickeln, wie beide entlastet werden können.

Relativ schnell nach Hilfebeginn ahne ich bereits, dass mir diese Hilfe nichts bringen wird. Es kommen Frau Meyer, eine Sozialpädagogin Ende 40, relativ unsicher und ein Mann, Anfang 30, der sich selbst für sehr kompetent hält. Leider hat der Mann innerhalb des Clearing-Zeitraumes fast die ganze Zeit Urlaub, so dass schnell klar wird, dass wir eigentlich nur mit Frau Meyer arbeiten werden. Frau Meyer hat im Bereich Clearing wenig Erfahrung, wie sie selbst sagt, sie macht das nur in Vertretung für eine andere Kollegin und hat ansonsten bisher ausschließlich „klassische Familienhilfe" gemacht.

Frau Meyer kommt zu Gesprächen zu Mike und zu mir nach Hause. Schnell tragen Mike und ich zu klärende Themen an Frau Meyer heran und Frau Meyer versucht zu vermitteln. Auch die Kinder möchte sie kennenlernen und so machen wir einen gemeinsamen Ausflug. Mir wird deutlich, dass sie tatsächlich bisher nur mit klassischen Familien der Familienhilfe beschäftigt hat. Sie weiß nicht so recht, was sie mit uns machen soll und sieht ihre Aufgabe unter anderem zum Beispiel darin, mir zu sagen, dass das Schutzblech von Linas Fahrrad verbogen ist und nimmt sich dem an.

Am Ende des Clearings, als auch der Mann wieder aus dem Urlaub zurück ist, folgen an zwei aufeinanderfolgenden Tagen zwei Elterngespräche mit Mike und mir, dem Mann und Frau Meyer. In diesem Gespräch werden kurz und knapp Lösungen für aktuelle Absprachen getroffen und diese schriftlich festgehalten. Im Anschluss an das erste Gespräch fahren die zwei Familienhelfer noch zu Mike, um dort mit Lina und Ella zu sprechen und zu erfahren, was diese wollen. Lina und Ella sehen Frau Meyer dort zum dritten Mal, den Mann lernen sie jetzt erst kennen. Beide Familienhelfer meinen, dass ihre Professionalität ausreicht, damit Lina und Ella sich ihnen gegenüber ganz öffnen und deutlich machen, was sie wollen. Ich zweifele stark daran.

In der Zwischenzeit des Clearings hatte sich bereits ein neuer Themenkomplex aufgetan: Lina braucht eine kieferorthopädische Behandlung. Da ich seit der Geburt mit beiden Kindern regelmäßig zu meiner Zahnärztin gehe und dies auch nach der Trennung halbjährlich so weitergemacht habe, liegt dieses Thema nun in meinen Händen. Weit gefehlt, dass dies ein einfach zu lösendes Problem darstellt.

Ich gehe mit Lina zum Kieferorthopäden, wohlgemerkt nicht zum ersten Mal, denn bereits einige Jahre zuvor sollten wir Lina kieferorthopädisch vorstellen. Nun hatten wir einen Termin bei einem zweiten Kieferorthopäden und dieser kommt zum gleichen Ergebnis wie der erste bereits ein paar Jahre zuvor. Ich informiere Mike über das Ergebnis und das geplante Vorgehen. Die Basis für einen weiteren Bühnenauftritt des elterlichen Streits ist gelegt, Mikes Antwort kommt promt:

„Hallo Caja,
vielen Dank für die Informationen.
Ich bin ohne ein Gespräch mit weiteren Kieferorthopäden und detaillierter Aufklärung durch den Kieferorthopäden nicht mit dem Starten einer Behandlung einverstanden.
Hier fehlen ganz viele medizinische Informationen, um das Einverständnis geben zu können.
Ich bitte dich den Termin am 30.8 zu verlegen, da ich auf einer Fortbildung in Hamburg bin und bei den nächsten Terminen anwesend sein möchte.

Gruß
Mike"

Seit Monaten pocht Mike darauf, dass wir nirgends gemeinsam auftauchen, dass ich in seiner Betreuungszeit nicht auftauche und Veranstaltungen der Kinder in keinem Fall gemeinsam besucht werden. Mike kann nicht in meiner Nähe sein, sagt aber immer wieder, die Kinder würden dies nicht wollen. Nun, beim Gespräch mit dem Kieferorthopäden möchte er gemeinsam mit mir und Lina dort auftauchen.

Parallel zu Mikes Antworten berichtet Lina mir immer häufiger, dass Mike in ihrer Gegenwart schlecht über mich redet und ihr gesagt hätte, dass ich keine Ahnung von medizinischen Dingen habe, so dass er zukünftig ihre Arztbesuche mit begleiten würde. Ich finde dies ehrlich gesagt eine gute Idee, da ich das Gefühl habe, dass die kieferorthopädische Behandlung so kein unüberwindbares Hindernis ist, denn scheinbar geht es Mike in erster Linie darum, mitreden zu dürfen. Lina wehrt dies vehement ab, sie möchte in keinem Fall mit Mike zu den Ärzten gehen. Ihr bisheriges Leben habe ich alle Arztbesuche begleitet und so soll es für sie bleiben.

Das Clearing neigt sich dem Ende zu. Im zweiten, gemeinsamen Elterngespräch berichten uns die zwei Familienhelfer vom Gespräch mit Lina und Ella.

Im Abschlussprotokoll wird festgehalten:

Lina möchte, dass ...

- *die Eltern aktuell nicht beide zugleich bei schulischen oder sportlichen Veranstaltungen anwesend sind, weil ihr das Stress und Unbehagen bereitet,*
- *alle erforderlichen Arzttermine von Mama begleitet werden.*

Ella ist es wichtig, dass ...

- *Mama und Papa sich besser absprechen, damit es nicht zu Verwirrung kommt,*
- *es morgens stressfrei bzw. ruhig abläuft (sie nannte als Beispiel, dass es manchmal zwischen Lina und Papa Ärger gibt, weil Lina nicht aus dem Bett kommt).*

Insgesamt haben wir den Eindruck gewonnen, dass Lina und Ella sich gut mit den wechselnden Betreuungszeiträumen und -orten arrangieren können. Sie haben bei beiden Elternteilen einen Lebensmittelpunkt und die Rückzugsmöglichkeit in ein eigenes Zimmer.

Zusätzlich wird besprochen, dass die Eltern nicht gemeinsam zu Arztterminen gehen, und der jeweils andere Elternteil aber Einzeltermine zur Aufklärung bei den behandelnden Ärzten wahrnehmen kann.

Der Fairness halber, und damit das Gleichgewicht zwischen den Eltern wieder hergestellt wird, soll Mike alle Arztbesuche mit Ella begleiten, da Ella äußerte, dass es ihr nicht wichtig sei, wer sie zum Arzt begleitet. Nur die Zahnarztbesuche sollen weiter so beibehalten werden, und ich begleite beide Kinder zum Zahnarzt.

Im Gespräch wird außerdem angesprochen, dass Ella äußerte, dass Mike viel mit ihnen über die Streitpunkte zwischen ihm und mir spricht. Aktuell sei das Thema „Terminabsprachen in der Schule". Die Familienhelfer sprechen Mike darauf an, dass dies ungünstig sei. Mike lenkt sofort ein, dass dies wohl ein Versehen gewesen sei und die Kinder wohl ein Telefonat von ihm mit einem Freund mitgehört hätten. Eigentlich achte er da genau drauf, um die Kinder zu schützen. Das wäre nun eine dumme Ausnahme. Die Familienhelfer scheinen zufrieden und drücken diesen Teil des Gespräches im Protokoll folgendermaßen aus:

„Wichtig ist es außerdem, besonders aufmerksam und sensibel mit Mailinfos und Telefonaten (z. B. mit in die Thematik eingeweihten Personen) zu verfahren, da die Mädchen aktuell sehr empfänglich mit den atmosphärischen Störungen umgehen, indem sie – möglicherweise auch unabsichtlich – lauschen oder Gespräche mitbekommen."

Das Clearing kommt zu dem Schluss, dass keine Kindeswohlgefährdung vorliegt, die Eltern Zeit brauchen, dann würde sich die Kommunikation verbessern und eine Mediation sei empfehlenswert. Mit dieser Einschätzung schließt auch das Hilfeplangespräch beim Jugendamt.

Damit will und kann ich mich nicht zufrieden geben, ich sehe weiter dringend, dass wir und besonders Lina und Ella in dieser Situation nicht alleine gelassen werden können. Ich möchte eine

Familienhilfe beantragen, Mike möchte seine Ruhe. Nachdem Frau Bologne meinen Wunsch nach einer Familienhilfe aufgenommen und mit Mike und mir noch einmal gesprochen hat, kommt vollkommen unerwartet eine E-Mail von Frau Bologne:

„Guten Tag,
nachdem wir mit Ihnen noch einmal gesprochen haben, hat sich herausgestellt, dass die Bedürfnisse von Ihnen beiden ganz unterschiedlich sind.
Herr Hiller hat uns deutlich gemacht, dass es ihm nicht möglich ist und er auch den Bedarf nicht sieht – wöchentliche Klärungsgespräche zu Absprachen der Kinder betreffend – hier wahrzunehmen.

Frau Hiller hat uns den Bedarf dieser Gespräche verdeutlicht und würde gerne eine Familienhilfe beantragen.

Da Herr Hiller sich auf 4 - 6 wöchige Gespräche einlassen kann und dies nicht im Rahmen einer ambulanten Hilfeform sinnhaft ist, empfehlen wir Ihnen Folgendes:
Mediation und Anbindung an die Familienberatungsstelle

Sollten Sie sich uneinig sein, haben Sie die Möglichkeit einen Antrag beim Familiengericht bzgl. ambulanter Jugendhilfemaßnahmen zu stellen. Als Jugendamt sind uns bei dieser Uneinigkeit zunächst einmal die Hände gebunden.

Wir empfehlen Ihnen jedenfalls weitere Beratung und wünschen Ihnen alles Gute.

Mit freundlichen Grüßen
Bologne"

Ich fühle mich vollkommen vor den Kopf gestoßen. Lina und Ella geht es nicht gut. Das verdeutlichen sie zunehmend. Ella nimmt immer weiter an Gewicht zu und hat angefangen, an den Fingernägeln zu kauen. Lina kneift sich mit den Fingernägeln in die Oberarme, bis diese bluten.

Diese Beobachtungen habe ich bereits mehrfach beim Jugendamt und bei den Familienhelfern angesprochen. Keine der Fachkräfte ist besonders auf meine Schilderungen eingegangen. Mike sagt in gemeinsamen Gesprächen, dass er dieses Verhalten der Kinder noch nie beobachtet hat und dies wohl ein Problem in meiner Betreuungszeit darstelle. Frau Meyer unterstützt ihn in den Gesprächen und sagte, dass auch sie dies nicht beobachten konnte.

Hier stehen wir nun und haben keinerlei Hilfe von außen. Sobald keine Kontrollinstanzen mehr vorhanden sind, dreht Mike wieder richtig auf. Ich versuche vergeblich, uns an eine Beratungsstelle anzubinden. Mike schreibt als Antwort auf jede meiner Anfragen, dass er auch unbedingt zur Beratung mit mir möchte, sich darum kümmern wird, ich solle nicht aktiv werden, es soll in seiner Hand bleiben. Es passiert – nichts!

Mike sitzt es aus.

Parallel bleibt das Thema „Kieferorthopädische Behandlung" weiter ungeklärt.

Vier Monate und viele weitere Untersuchungstermine später sind wir mit dem Thema „Kieferorthopäde" noch immer nicht vorangekommen. Nachdem Mike endlich den Gesprächstermin beim Kieferorthopäden wahrgenommen hat, gibt er mir per Mail folgende Antwort :

„Hallo Caja,
das ganze Gespräch ist gesackt und es waren einfach mega viele Informationen. Ich möchte, dass wir uns noch eine zweite Meinung über den Behandlungsablauf einholen.
Wir haben ja eh noch etwas Zeit bis das Gutachten durch ist.

Gruß
Mike"

Der Kostenplan wurde inzwischen bei der Krankenkasse eingereicht und es soll vor der Kostenübernahme noch von den Gutachtern der Krankenkasse geprüft werden.

Nachdem wir nun seit einem halben Jahr auf den Beginn der Behandlung warten, wir zwei kieferorthopädische und eine zahnärztliche Meinung eingeholt haben, alle mit dem gleichen Ergebnis, möchte Mike, dass ich mit Lina eine weitere Meinung einhole. Ich antworte ihm, dass ich dies für Lina nicht möchte, da die vielen Termine enorm zeitaufwendig und stressig sind. Mike antwortet mir, dass wir das Thema ja in der Beratung besprechen können. Die Beratung, um die sich Mike seit Monaten kümmern möchte, die bisher aber noch nicht in Sicht ist.

„Hallo Caja,
ich suche wen raus.
Alles weitere bedarf keiner Kommunikation.
Es ist alles mehr als ausführlich mit allen Stellen besprochen worden.
Ich freue mich sehr über deine Einsicht mit der E-Mail-Kommunikation, fahr sie doch dann einfach runter und sammele die Themen für die Mediation und bei dringenden Absprachen kannst du dich jederzeit per Telefon melden.
Bis demnächst..."

Inzwischen können wir gar nicht mehr kommunizieren. Mike schmettert alle Versuche meinerseits ab. Alle Anfragen der Kinder oder zu klärende schulische Angelegenheiten versuche ich nun ohne Kommunikation zu regeln. Ich bin dazu übergegangen, einige Entscheidungen einfach zu treffen und Mike lediglich per E-Mail in Kenntnis zu setzen. In den meisten Fällen klappt dies tatsächlich auch ganz gut. Eine Gratwanderung, denn immerhin möchte ich den Kindern Antworten geben, die ihnen Klarheit geben, ihren Vater nicht ins schlechte Licht rücken und nicht Gefahr laufen, dass Mike sich ihnen gegenüber aufregt, wenn die Dinge dann von mir geregelt werden. Häufig endet es damit, dass ich von Mike in E-Mails darauf hingewiesen werde, dass ich nicht alleine sorgeberechtigt bin.

Nachdem auch die Krankenkasse nach gutachterlicher Prüfung den Kostenplan für Linas kieferorthopädische Behandlung genehmigt, wage ich noch einmal anzufragen, ob er der Behandlung nun zustimmt.

„Hallo Caja,
kein Thema für eine E-Mail.
Setz dich mit mir in Verbindung für ein Gespräch.
Weiteres werde ich nicht per Mail diskutieren.
Auch das Geschwafel der Gutachter nicht, da du der Behandlung,
die durch den Gutachter freigegeben ist, nicht zugestimmt hast.
Ich denke, du solltest schon in der Lage sein, dieses wichtige Thema
mit mir zu besprechen und zwar nicht per E-Mail.
Bis dahin hast du keinerlei Erlaubnis eine Behandlung zu starten.
Es liegt leider echt nicht an mir, dass du immer noch nicht in der
Lage bist, derartige Themen mit mir zu besprechen.

Gruß
Mike"

Überflüssig zu erwähnen, dass meine Anfragen nach gemeinsamen Gesprächen seit Monaten in ähnlicher Form abgetan werden.

Die Situation wird immer verworrener und ich verstehe inzwischen oft selbst nicht mehr, was er in seinen E-Mails meint oder sagen will. Zusätzlich widerspricht er sich selbst immer wieder.

Da wir auch ein halbes Jahr nach dem letzten Termin beim Kieferorthopäden noch immer kein Einverständnis von Mike erhalten haben, dass die Behandlung starten kann, bespreche ich mit meinem Anwalt, einen Antrag auf Übertragung der alleinigen Gesundheitsfürsorge beim Gericht zu stellen. Ich hatte meiner Anwältin inzwischen das Mandat gekündigt, nachdem ich immer mehr das Gefühl hatte, mit ihr nicht weiterzukommen.

Sie verstand einfach nicht, mit welchen Strukturen wir es zu tun hatten. Sie legte mir nahe, meine Einstellung zum Wechselmodell zu überdenken und es positiv zu sehen. Auch beim Thema „Haushaltsaufteilung" verstand sie die Problematik nicht. Nachdem Mike sich auch ein Jahr nach meinem Auszug noch weigerte, mir meine persönlichen Dinge auszuhändigen, ganz abgesehen davon, dass auch die Hälfte des gemeinsamen Haushaltes aufzuteilen gewesen wäre, sagte sie zu mir: „Frau

Hiller, am einfachsten wäre es doch, wenn sie gemeinsam mit Ihrem Mann durch die Wohnung gehen und besprechen, wer was bekommt." Nein! Sie hatte es nicht im Ansatz verstanden. Weil ich energie- und kraftlos war, habe ich mich, nach einem monatelangen Wechsel von Anwaltsschreiben, darauf eingelassen, dass Mike mir nur meine persönlichen Dinge übergibt und er hundert Prozent des restlichen Haushaltes behält. Ein halbes Jahr vor meinem Auszug hatte ich mein gesamtes Erbe meiner Mutter in die vollständige Renovierung unserer Mietwohnung gesteckt und dort Landhaus-Dielen verlegen, eine neue Einbauküche einbauen und an allen Fenstern maßgeschneiderte Plissees einbauen lassen. Alle Möbel wurden ausgetauscht und ich hatte mich ein halbes Jahr mit dem Renovieren der neuen Wohnung befasst. Nicht einmal die neue Waschmaschine wollte Mike mir im Gegenzug überlassen. Er unterschrieb bei der Übergabe aber immerhin, dass er mir seine Schulden von 4.500 Euro überweisen würde, allerdings erst, wenn wir die Steuererklärung abgeschlossen hätten. Wie dies im Zusammenhang steht, kann ich nicht erklären, für Mike hatte dies eine Logik. Das Geld hatte ich ihm für die Eröffnung seiner Praxis geliehen, denn sein damaliger Kredit war zu knapp bemessen und er war in großer Not. Diese Fehlkalkulation war die Schuld des neuen Mannes seiner Adoptivmutter. Sogar zu diesem Zeitpunkt war ich noch überzeugt davon, dass Mike es wirklich nicht leicht hat mit seiner Familie, ich hatte Mitleid und war froh, ihm in dieser Situation sofort helfen zu können. Ich brauche nicht zu erwähnen, dass ich bis heute nur die Hälfte des Geldes von Mike zurück bekommen habe. In seinen Mails dazu verdrehte Mike diese Tatsache aber so, dass mein Anteil an der Rechnung für den Steuerberater 2.250 Euro übersteigen würde, ich demnach ihm Geld schulde.

Ich entscheide mich, wegen Geld nicht mehr mit Mike zu streiten und an dieser Stelle Energie zu sparen.

Nun habe ich also einen neuen Anwalt. Einen, der sich deutschlandweit einen Namen gemacht hatte, weil er bisher hauptsächlich brisante Sorgerechtsfälle vertrat. Endlich habe ich einen Anwalt an meiner Seite, der weiß, wovon ich spreche und mir die Strukturen erklären kann.

Wir stellen den Antrag auf Übertragung der alleinigen Gesundheitsfürsorge beim Familiengericht. Sechs Wochen späten treffen Mike und ich uns zu einem gemeinsamen Gespräch mit Frau Licht, der Sachbearbeiterin für gerichtliche Angelegenheiten vom Jugendamt, und dem Verfahrensbeistand Herrn Krause im Jugendamt.

Im gemeinsamen Gespräch sitzt Mike vollkommen locker und entspannt und macht deutlich, dass er nicht versteht, warum wir nun wieder hier sitzen. Natürlich stimme er der kieferorthopädischen Behandlung zu. Es hätte da wohl einfach Kommunikationsschwierigkeiten zwischen ihm und mir gegeben und alles sei gar kein Problem. Auch die von mir beantragte Mutter-Kind-Kur befürworte er und unterschreibe das natürlich. Selbstredend, dass wir auch hierzu vorab einige Mails hin und her geschrieben hatten, die ins Leere führten, da Mike auch in der Kur das Wechselmodell weiterleben wollte. Er verwies auf die Mediation, zu der wir immer noch keinen Termin, geschweige, denn eine Anlaufstelle hätten.

„Hallo Caja,
Wir können derartige Themen gerne in der Mediation besprechen.
Jedoch wird eine Kur auch von beiden Elternteilen betreut und nicht durch eines, Details, wie wir das strukturieren wollen, besprechen wir dann unter Mediation.
Eine Kur für dich sehe ich jedoch als sehr gute Idee an. "

Das Gespräch im Jugendamt läuft sehr gut, Mike stimmt allem zu und die Gesprächsteilnehmer sind sich am Ende einig, dass Mike und ich eigentlich gar keine Probleme haben, nur unsere Kommunikation an einigen Stellen wohl etwas missverständlich sei. Sicher würden wir dies in einer Mediation in den Griff bekommen.

So schreibt der Verfahrensbeistand ans Gericht:

„(…) Die Kindeseltern sind sich einig, dass die kieferorthopädische Behandlung der gemeinsamen Tochter Lina Hiller fortgesetzt wird.

Der Kindesvater willigt in den kieferchirurgischen Eingriff bei Lina
zur Entfernung der unteren Weisheitszähne ein – entsprechend der
von der Kindesmutter eingereichten Einwilligungserklärung.
Hiernach gehen sowohl das Jugendamt als auch ich als Verfahrens-
beistand davon aus, dass das Verfahren in großen Teilen erledigt
ist. (…)"

Voller Optimismus vereinbare ich also Termine bei Kieferorthopäden und Kieferchirurgen. Zur Sicherheit frage ich bei Mike
noch einmal per Mail an, ob er die Einwilligungserklärungen
inzwischen unterschrieben habe.

„Hallo Caja,
es ist doch alles erst vor ca. 2 Wochen abgesprochen worden mit
Frau Licht und Herrn Krause wie es laufen soll ???
Hast du denn das Schreiben vom Amtsgericht nicht bekommen ???
Was gibt es denn gerade in den Punkten zu klären ?

Gruß
Mike"

Diese Antwort macht mich nicht schlauer, aber nach Rücksprache mit Frau Licht vom Jugendamt kann ich mich auf das
Schreiben von Herrn Krause berufen, in welchem eindeutig
steht, dass der Vater den Eingriffen zustimmt.
Weit gefehlt: Eine Woche vor dem geplanten Termin ruft
die kieferchirurgische Praxis an, dass sie ohne Unterschrift des
Vaters den Termin nicht wahrnehmen können. Auf Nachfrage
per E-Mail bei Mike erhalte ich eine entrüstete Antwort, dass
er die Unterlagen zur Unterschrift erst ein paar Tage zuvor zugesendet bekommen hat und den Eingriff bei Lina momentan
als zu gefährlich erachte.
Nun stehen wir wieder an Punkt Null.
Lina ist inzwischen deutlich verunsichert, da Mike alles im
Detail mit ihr zu besprechen scheint und sie inzwischen nicht
mehr weiß, wem sie eigentlich trauen soll. Sie fühlt sich nicht
mehr sicher, weil Mike ihr sagt, dass der Eingriff unnötig und

gefährlich sei. Sie bittet mich, auf den Eingriff zu verzichten, weil sie sich nicht gut damit fühlt.

Wegen der anhaltenden Problematik zwischen Mike und mir kontaktiere ich immer wieder auch Frau Bologne und dränge dahin, dass ich endlich eine Familienhilfe bekomme. Endlich, nach fast einem Jahr, stimmt Frau Bologne einer Familienhilfe zu und bewilligt meinen Antrag.

Schnell findet ein erstes Kennenlerntreffen statt. Auch meine neue Familienhilfe Frau Urstein ist noch sehr jung, aber hat im Gegensatz zu den anderen bisher Beteiligten selbst zwei Kinder. Ich finde sie direkt sympathisch und habe das Gefühl, dass sie trotz ihres Alters pädagogisch sehr fit ist.

Auf Drängen von Frau Bologne lässt Mike sich darauf ein, alle drei Wochen Elterngespräche zu führen, moderiert von Frau Urstein und ihrem Kollegen. Drei Wochen später beginnen wir mit den Gesprächen. Das erste Gespräch verläuft ruhig und die Familienhelfer schreiben auf einem Flipchart Regeln für unsere Kommunikation auf. Drei Wochen später findet das nächste Elterngespräch statt. Wofür Mike normalerweise 4 - 5 Termine braucht, passiert nun direkt beim zweiten gemeinsamen Gespräch: Er explodiert und beschimpft mich zwei Stunden am Stück. Die Familienhelfer sind kaum in der Lage, seinen aggressiven Redefluss zu stoppen, und ich weine fast durchgängig, weil ich diese Machtlosigkeit, seinen Lügen und Vorwürfen ausgeliefert zu sein, nicht ertrage. Solche Situationen überstehe ich nur, weil ich immer wieder die Hoffnung habe, dass dadurch für Außenstehende die Dynamik zwischen uns deutlich wird. Ich habe das Gefühl, das zu ertragen, ist die einzige Möglichkeit, dass Lina, Ella und ich endlich Hilfe bekommen, weil irgendjemand erkennt, in was für einer Situation wir uns befinden und sich für uns einsetzt.

Die Familienhelfer geben mir nach diesen zwei Gesprächen die Rückmeldung, dass sie es ebenfalls als sehr schwer erleben. Auch in den Einzelgesprächen mit Mike können sie ihm nicht ganz folgen, weil er sich selbst widerspricht und sie nicht genau nachvollziehen können, was er eigentlich sagen möchte. Ich bin froh, dass mir nun, nach drei Jahren, zum ersten Mal jemand meine Sicht bestätigt.

Ein wahrer Kraftakt ist es für mich inzwischen, in den Gesprächen mit den Familienhelfern ruhig zu bleiben. Ich habe manchmal das Gefühl, selbst so eingefahren zu sein, dass ich vielleicht der blockierende Teil unserer Kommunikation bin. Daher nehme ich die Anmerkungen der Familienhelfer an mich dankend an. Ich möchte ihre Ratschläge annehmen, denn nach wie vor habe ich die Hoffnung, dass ich durch Veränderungen in meinem Handeln doch etwas an der Situation verbessern kann. Aber es ist schwer mich immer wieder zu motivieren, offen zu sein. Besonders, weil die Vorwürfe die von Mike im Raum stehen jedes Mal vollkommen aus der Luft gegriffen sind. In den meisten Fällen kann man davon ausgehen, dass die Dinge, die er mir vorwirft genau die Dinge sind, die er macht.

So diskutieren wir z.B. in einem Einzelgespräch zwischen mir und den Familienhelfern, dass Mike zu den Familienhelfern gesagt hat, dass ich den Kindern andauernd irgendwelche Informationen der Schule weitergebe, auch wenn sie bei ihm sind. Das würde ihn stören und ich möge das unterbinden. Die Familienhelfer zeigen Verständnis für Mike und sagen mir, dass ich mehr Vertrauen in Mike haben soll. Denn wenn ich den Kindern in seiner Zeit Informationen weiterleite, impliziert das, dass ich nicht ausreichend Vertrauen darin habe, dass Mike die Kinder informiert. Ich stimme den Familienhelfern zu. Gleichzeitig sage ich, dass ich mich gar nicht erinnern kann, dass ich dies getan habe, es aber zu Hause noch einmal überprüfen werde und diese Dinge dann nicht mehr tun werde. Zuhause überprüfe ich noch einmal meinen gesamten Handyverlauf mit Lina und muss feststellen, dass ich definitiv keine Informationen an Lina sende, wenn sie bei ihrem Vater ist. Einige Wochen später verstehe ich, woher der Vorwurf von Mike stammt. Es kommt eine E-Mail von Linas neuem Lehrer. Ich gehe zu Lina und halte ihr mein Handy hin, damit sie die Mail lesen kann. Ihre knappe Antwort „Hat Papa mir schon geschickt."

Ebenso verhält es sich mit Mikes Vorwurf, dass ich beide Kinder permanent per Handy kontaktieren würde, wenn sie bei ihm sind. Auch Mats und mein Vater würden dies tun und es würde die Kinder nicht zur Ruhe kommen lassen, ich soll den Kontakt einstellen, wenn die Kinder bei Mike sind.

Auch hier reagieren die Familienhelfer verständnisvoll. Sie können sich gut vorstellen, dass dies nicht gut für die Kinder ist. Obwohl ich hier bereits weiß, dass dieser Vorwurf aus der Luft gegriffen ist, sage ich, dass ich mit Mats noch einmal sprechen werde und wir beide den Kontakt nicht aufnehmen werden. Mike reicht das nicht, er möchte auch nicht, dass mein Vater Kontakt hält. Hier wende ich ein, dass ich dem Opa nicht vorschreiben kann, nur montags und dienstags Kontakt zu seinen Enkeln aufzunehmen, zudem mein Vater häufig gar nicht weiß, wann die Kinder bei mir sind und wann nicht. Ich frage in die Runde, ob ich dann auch dem Rest meiner Familie sagen soll, dass sie die Kinder nur noch montags und dienstags kontaktieren dürfen. Es erscheint mir absurd. Froh bin ich, als ich kurze Zeit später mit Lina und Ella gemeinsam in das Büro der Familienhelfer komme und Ellas Handy klingelt und Mike am Telefon ist. Er lässt sich nicht stören und möchte dann auch noch mit Lina sprechen. Ich hoffe dass die Familienhelfer sehen und verstehen, dass nicht ich es bin, die die Kinder rund um die Uhr kontaktiert, sondern dass es sich genau andersrum verhält.

Ich kann bei diesen Dingen nicht einschätzen, ob Mike wirklich glaubt, dass es so ist, wie er es darstellt oder ob es tatsächlich bewusste Lügen sind.

Ich habe das Gefühl, je länger die Trennung her ist, desto angespannter wird Mike. Waren zu Beginn wenigstens ab und zu Einigungen möglich, scheint nun aus Prinzip nichts mehr einfach zu laufen.

Es scheitert inzwischen schon an absoluten Kleinigkeiten. Ein schönes Beispiel dafür ist die Rundmail der Schule, in der steht, dass die Kinder neue Passbilder brauchen, da neue Schülerfahrkarten ausgestellt werden. Die Kinder sind am Tag, als die Rundmail eingeht, bei mir.

Prompt kommt eine Mail von Mike mit der Anfrage, wie wir das regeln wollen.

Ich antworte kurz und knapp:

„Hallo Mike,
wir haben gerade schon besprochen, dass wir das noch heute für
beide Kinder machen.

Gruß Caja"

Wenige Minuten später erhalte ich Antwort:

„Hallo Caja,
danke für eine gemeinsame Lösung und eine Klärung mit mir.
Alles Weitere sollten wir doch bei Frau Urstein besprechen, wenn du
nicht einmal mehr in der Lage bist, simple Dinge betreff der Schule
mit mir zu klären.

Mike"

Diese Art der Kommunikation ist seit einigen Wochen an der Tagesordnung. Ich habe inzwischen durch drei Jahre Therapie gelernt, kurz, knapp und rational zu schreiben: keine Vorwürfe, auch wenn Mike Dinge übersehen hat, seine Vorwürfe ignorieren und auf einige Mails auch gar nicht mehr zu antworten.

Mike vergisst Elternabende und schreibt mir dann vorwurfsvolle Mails, ich solle bloß keine Informationen unterschlagen. Teilweise wirken seine Ausführungen fast paranoid, als hätte ich mich gemeinsam mit der Schule gegen ihn verbündet.

Lina und Ella leiden immer mehr unter der angespannten Situation. Besonders Lina, die seit einigen Monaten selbst mehr und mehr erkennt, dass Mike Dinge mit ihr bespricht, mit denen sie sich eigentlich nicht beschäftigen will. Dass Mike ihre eigene Mutter immer wieder verantwortlich macht für alles, was nicht gut läuft, setzt sie enorm unter Druck. Immer öfter berichtet Lina mir nach den Wechseln weinend von heftigen Streitsituationen zwischen ihr und Mike.

Was Ella bereits vor einem Jahr den Familienhelfern vom Clearing berichtete, nämlich dass er mit ihnen die Konflikte zwischen ihm und mir bespricht, scheint sich nun immer mehr zuzuspitzen.

Lina befindet sich im Konflikt. Sie liebt ihren Vater und möchte, dass es ihm gut geht. Gleichzeitig häufen sich die Enttäuschungen, die sie mit ihm erlebt. Einen weiteren Tiefschlag erhält die Beziehung zwischen Lina und Mike, als Mike mit seiner Freundin Melanie mal wieder heftigen Streit hat. Erst ein paar Wochen zuvor hatte sich Melanie um eine Reitbeteiligung für Lina gekümmert und fährt mit ihr seitdem einmal pro Woche zum Stall. Lina ist überglücklich und das Pony und das Reiten sind innerhalb kürzester Zeit ein wichtiger Bestandteil in Linas Leben geworden.

Die Streitereien zwischen Mike und Melanie arten schon längere Zeit heftig aus. So heftig, dass ich bereits das Jugendamt und auch die Therapeutin von Ella darüber in Kenntnis setzte und um Rat bat. Meine Sorge ist, dass sich nun trotz meiner Trennung für Lina und Ella nicht viel ändert und sie weiterhin häusliche Gewalt miterleben müssen. Das Jugendamt nahm dies zur Kenntnis, sah aber keinen weiteren Handlungsbedarf. Ellas Therapeutin sagte, dass sie ein Auge darauf hat.

Bei dem jüngsten Streit zwischen Mike und Melanie sind Lina und Ella bei mir. Lina wird per Sprachnachricht von Melanie kontaktiert. Melanie teilt Lina mit, dass ihr Vater und sie einfach nicht mehr miteinander klarkommen und sie daher leider Linas Reitbeteiligung kündigen müsse. Lina ist mit dieser Nachricht absolut überfordert. Sie weiß nicht, wie sie reagieren soll und ist einfach nur tieftraurig und enttäuscht. Das steigert sich in Wut auf Mike, da er und Melanie einen Tag später wieder ganz normal miteinander sprechen. Während Lina seit der Trennung eigentlich diejenige war, die sich immer etwas mehr um ihren Vater sorgte und ihn niemals in einem schlechten Licht sehen wollte, kippt dies zunehmend. Lina erlebt immer öfter Situationen, in denen Mike sie anlügt und ihr Vertrauen schwindet. Sie äußert immer wieder, dass es ein schreckliches Gefühl ist, angelogen zu werden und dass sie Mike so gerne glauben will, es ihr aber immer schwerer falle.

Plötzlich auftretender, heftiger Haarausfall von Ella zeigt in aller Deutlichkeit die Struktur unserer Kommunikation. Ella hat wunderschönes, kräftiges, leicht gewelltes Haar. Nun liegen in der ganzen Wohnung Haare von ihr und in der Dusche kann man kaum noch den Boden der Badewanne erkennen, so groß ist der Haarteppich von Ella nach dem Duschen.

Ich mache mir Sorgen und schreibe Mike an, ob er mit Ella zum Arzt gehen kann. Unsere Vereinbarung war schließlich, dass er die Arzttermine mit Ella wahrnimmt.

Seine Antwort ist wie gewohnt ausweichend und unklar. Als Ella zehn Tage später wieder in einem Teppich voll Haaren in der Dusche steht und mir sagt, dass sie das unheimlich findet, frage ich Ella, ob Papa mit ihr schon beim Arzt war. Ella verneint und Lina steigt in das Gespräch ein und erklärt, dass Mike zu ihnen beiden gesagt hat, dass Ella keinen Haarausfall hat, aber ich es offenbar nicht richtig schaffe, mich um Ellas Haare zu kümmern. Lina ist regelrecht entrüstet über diese Anschuldigungen von Mike. Ich habe mir lange schon angewöhnt, nicht mehr schlecht über Mike zu sprechen, egal, was er sagt oder tut. Wenn Lina und Ella mir etwas berichten, was sie nicht gut von Mike finden, dann gehe ich ausschließlich auf ihre Gefühle ein und überlege mit beiden gemeinsam, was wir tun können. Ich habe das Gefühlt, das tut Lina und Ella sehr gut.

Ich mache mir Sorgen über den Haarausfall und sehe mich im Konflikt. Wenn ich einfach mit Ella zum Arzt gehe, wird Mike wieder ausflippen. Gleichzeitig kann ich auch nicht einfach abwarten, bis Ella gar keine Haare mehr auf dem Kopf hat.

Nach Rücksprache mit Frau Licht vom Jugendamt nehme ich den Arzttermin selbst in die Hand. Die Ärztin erkennt bereits kleine, kahle Stellen an Ellas Kopf und schreibt als erste Maßnahme ein Shampoo gegen Pilzbefall auf. Im Anschluss wolle sie sich die Blutergebnisse von Ella anschauen und uns dann zum Hautarzt überweisen.

So weit kommt es nicht. Schon in der Apotheke bemerkt Ella „Das Shampoo kenne ich, damit wäscht Papa mir immer die Haare.“

Ich schreibe Mike eine E-Mail und frage nach, ob er Ella bereits mit diesem Shampoo behandelt, dann sollten wir dies der Kinderärztin mitteilen. Ich bekomme keine Antwort von Mike, stattdessen eine Mail von ihm, in welcher er mich auffordert, endlich mit Lina zu einem Frauenarzt zu gehen und sie endlich gegen HPV impfen zu lassen. Auch dieses Schema ist mir vertraut. Wenn Mike sich besonders in die Ecke gedrängt fühlt, übergeht er das unangenehme Thema und wirft ein vollkommen neues Thema auf. Dies war bereits in den gemeinsamen Elterngesprächen bei Frau Sandholz deutlich geworden. Er beherrscht dieses Spiel perfekt.

Nach Rücksprache mit der Kinderärztin verwendete ich das Shampoo nicht und teile Mike in einer weiteren Mail mit, falls er das Shampoo tatsächlich genutzt haben sollte, solle er es nun absetzen.

Nach nur zwei Wochen hört der Haarausfall bei Ella auf.

Dennoch beschwert Mike sich offenbar bei Frau Urstein darüber, dass ich „mal wieder" schriftlich festgehaltene Absprachen ignoriert habe und mit Ella beim Arzt gewesen sei. So kommt das Thema noch einmal in einem gemeinsamen Gespräch bei Frau Urstein und ihrem Kollegen auf den Tisch. Hier erklärt Mike, dass das Shampoo bei ihm genutzt wurde, dies aber Melanie bei Ella angewendet habe, nicht er. Er sei auch entrüstet über Melanies Verhalten. Sie würden es nun nicht mehr einsetzen. Mikes krankhafte Schuldverschiebung wird mir mehr und mehr deutlich.

Die Familienhelfer zeigen Verständnis für Mike und wir halten schriftlich an der Flipchart fest, dass ich mich zukünftig an die schriftlichen Vereinbarungen halte und nicht mehr mit Ella zum Arzt gehe.

Lina und Ella berichten mir häufig davon, dass in Mikes Leben irgendetwas nicht gut läuft und nennen mir direkt auch immer die Schuldigen dafür. So ist Melanie z. B. auch Schuld daran, dass der neue Hund von Mike so schlecht hört, da Melanie ihn immer frei laufen lassen würde. Mein Eindruck aus Erzählungen war bisher immer, dass Melanie sich als Einzige richtig um den neuen Hund kümmert, ich muss immer an die Anfangszeit von Mike und mir denken und wie er da mit seinem Hund umging.

Lina macht sich ihrem Druck immer öfter Luft und hat nach jedem Wechsel immer erst einmal das Bedürfnis, mit mir zu sprechen und loszuwerden, was sie in den vergangenen Tagen bei Mike erlebte.

Oft gibt es vor den Wechseln Streit zwischen Mike, Lina und Ella, da die beiden gerne auch Dinge mit hin- und hernehmen wollen, Mike dies aber ablehnt mit der Begründung, dass ich die Sachen dann einbehalten würde. Zudem sei er es leid, „den Kleiderschrank bei eurer Mutter zu füllen, sie soll sich gefälligst selbst um Kleidung für euch kümmern". Auch dieses Thema kenne ich bereits von den Beratungen bei Frau Sandholz. Mike fotografierte damals immer, was Lina und Ella an Kleidung trugen und welche Dinge sie zusätzlich einpackten, bevor sie zu mir kamen. Frau Sandholz unterstützte dieses Vorgehen von Mike mit der Begründung: Wenn dieses Vorgehen dem Vater gut tut und ihm Sicherheit gibt, ist es auch für die Kinder gut.

Ich weigerte mich, dies ebenfalls so zu tun, weil ich es pädagogisch für nicht vertretbar hielt. Ich wollte meine Kinder nicht fotografieren und ihnen auch nicht vorschreiben, was sie mitnehmen dürfen. Mein Gefühl war immer, dass die Situation so schon belastend genug für die Kinder war, dass sie zu den Wechseln mitnehmen sollten, was sie brauchten um sich auch bei dem jeweils anderen wohl und zu Hause zu fühlen. Niemals wollte ich mir vorstellen, im Wechsel zu leben und dann auch noch auf meine Dinge, die ich vielleicht momentan besonders mochte oder besonders viel nutzte, zu verzichten. Lina erkennt mehr und mehr den unsinnigen Gehalt von Mikes Aussagen und sagt, sie verstehe nicht, warum er das so zu ihnen sagt, obwohl dies doch nicht stimmen würde. Linas Leidensdruck wird immer größer, während Ella sich immer stiller und loyaler Mike und mir gegenüber verhält. Ella fühlt sich verantwortlich für ihren Vater und ich habe das Gefühl, umso mehr Lina rebelliert, desto verantwortlicher fühlt sich Ella für ihren Vater. Parallel dazu steigt meine grundsätzliche Sorge um die beiden Mädchen. Ich sehe Linas Verzweiflung und Ellas Konflikt, kann ihnen nicht helfen. Was ich tun kann, ist beiden eine gute Zeit zu bereiten, wenn sie bei mir sind.

Ich habe immer das Gefühl, sie brauchen Pausen und einen Ort, an dem sie weitestgehend vergessen können, in welchem Konflikt sie leben. Ich bin Teil dieses Konfliktes, versuche aber, sie dies so wenig wie möglich spüren zu lassen. Ich frage nicht mehr nach und lasse beide in Ruhe. Wenn sie etwas erzählen möchten, höre ich zu und bin in meinen Kommentaren und Antworten nur bei ihnen und kommentiere dabei nicht, was Mike macht, sondern gehe nur auf ihre Gefühle ein.

Einen weiteren Höhepunkt erreicht Linas Verzweiflung am Morgen eines Wechseltages. Offenbar hat Mike Druck, pünktlich zur gerichtlich festgelegten Zeit bei mir zu sein, immerhin hatte er erst kürzlich Beschwerde bei Gericht eingereicht, ich würde die Kinder regelmäßig verspätet zu ihm bringen. Eine Viertelstunde vor der Zeit erhalte ich einen Anruf von Mike. Dieser brüllt direkt ins Telefon „Deine Tochter veranstaltet einen Affentanz. Sprich jetzt mit ihr, auch sie muss endlich lernen, sich an Regeln zu halten, ich erwarte, dass du deine Tochter entsprechend in Spur bringst". Er reicht den Hörer an Lina weiter. Diese weint so stark, dass sie kein Wort heraus bringt und die Verbindung abbricht. Direkt ruft Mike erneut an. Er teilt mir mit, dass er nun zunächst Ella bringen wird und dann Lina abholt. Kaum haben wir aufgelegt, ruft Lina mich von ihrem Handy aus an. Immer noch weinend, aber immerhin kann sie jetzt mit mir sprechen. Mike und Ella haben soeben die Wohnung verlassen. Lina schildert mir verzweifelt, dass sie sich nicht in der Lage fühlt, ihre Sachen zu packen, wenn Mike so viel Druck macht, neben ihr steht, sie kontrolliert und sie anmeckert. Ich schlage ihr vor, sich nun erst einmal ganz in Ruhe fertigzumachen, ihre Sachen zu packen und wenn Mike zurück ist, dann können sie schauen, dass beide wieder gut beieinander sind und irgendwann im Laufe des Tages einfach zu mir zu kommen. Das wehrt Lina direkt ab: „Nein, ich halte es nicht mehr aus, ich ziehe mich jetzt an und will sofort zu dir!" Keine 30 Minuten später bringt Mike die immer noch völlig aufgelöste Lina zu mir. Weinend liegt sie in meinen Armen. Dann geht Lina in ihr Zimmer. Am Abend kann ich ihre blutig gekniffenen Oberarme sehen. Ich sage ihr, dass es mir unendlich leid tut, dass es ihr nicht gut gehe. Ihr ist es immer ein wenig unangenehm, wenn ich sie auf ihre Oberarme anspreche. Sie sagt mir aber sehr klar, dass sie das gar nicht machen möchte, manchmal aber nicht anders kann und es ihr gut tut. Voller Verzweiflung schreibe ich diesen Vorfall auf und sende ihn an meinen Anwalt, Frau Urstein und auch Frau Bologne. Die einzige Antwort darauf erhalte ich von meinem Anwalt, was mich inzwischen aber auch nicht mehr verwundert. Da wir immer noch auf den Gerichtstermin warten, um die Gesundheitsfürsorge zu verhandeln, schlägt mein Anwalt vor, jetzt noch einen Antrag auf „Abänderung des Wechselmodells" hinterher zuschieben, damit beides in einer Verhandlung besprochen werden kann. Ich stimme dem zu und mein Anwalt lässt Taten folgen.

Ich möchte diesen Vorfall zwischen Lina und Mike noch einmal im gemeinsamen Gespräch mit Mike und Frau Urstein ansprechen. Doch zu einem dritten Elterngespräch kommt es nicht mehr. Die Familienhelfer haben sich entschlossen, keine Gespräche mehr mit Mike und mir zu führen, sondern ihren Focus nun auf Lina und Ella zu legen. Erleichterung! Ich habe schon lange erkannt, dass sich in der Kommunikationsstruktur zwischen Mike und mir nicht viel verändern wird, egal wie viele moderierte Gespräche wir führen werden. Endlich wird jemand schauen, wie es Lina und Ella geht, was sie brauchen und was sie möchten.

Erstmals erlebe ich, dass Lina sich richtig auf ein Gespräch freut. Kenne ich Lina bisher immer eher verschlossen und unwillig, wenn es darum geht, mit fremden Menschen über persönliche Dinge zu sprechen, kann sie es nun kaum abwarten und fragt mich vorab, ob sie auch wirklich alles erzählen dürfe, was ihr auf der Seele brenne. Ich bejahe und versuche sie zu bestärken, dass sie auch die Dinge dort erzählt, die für sie mit mir schwierig sind, da ich verstehen kann, dass es nicht leicht ist, seiner Mutter diese Dinge zu sagen. Frau Urstein könnte dann mit mir reden. Ich sage ihr, dass es mir wichtig ist, dass es ihr gut geht, ich mir sicher bin, dass auch Mike das möchte, und dafür ist es wichtig, dass wir wissen, was sie braucht.

Ella hingegen hat selten ein Problem, mit fremden Menschen zu sprechen, ist immer sehr neugierig und offen. Sie hat offenbar großen Spaß mit Frau Urstein und ihrem Kollegen und baut munter Schleichtier-Welten auf, äußert sich aber kaum über Mike und mich. So kenne ich es schon von Ellas Therapeutin. Seit über einem Jahr geht Ella zur Therapie und erzählt laut Therapeutin dort nie irgendetwas Negatives über Mike und mich. Die Vermutung der Therapeutin lautet, dass Ella einfach eine schöne Zeit haben will und in dieser Stunde nicht an den Streit zwischen ihrem Vater und mir denken möchte.

Eine Woche später haben Mike und ich getrennt voneinander ein Auswertungsgespräch mit Frau Urstein und ihrem Kollegen. Ich darf Mats zur Unterstützung mitbringen, da ich mir nicht sicher bin, ob ich es emotional gut aushalten werde zu hören, wie schlecht es Lina und Ella geht. Noch dazu haben die Familienhelfer die Gespräche mit Einverständnis von Lina und Ella gefilmt und kündigten an, mir Ausschnitte davon zeigen zu wollen. Mit Mats an meiner Seite habe ich das Gefühl, stark sein zu können. Die Familienhelfer eröffnen das Gespräch damit, dass ich mir gar keine Sorgen machen müsse. Sie würden mir keine Ausschnitte zeigen, Lina habe über mich nicht viel gesagt. Sie hätte von einem Streit zwischen ihr und mir berichtet, der noch in einer Zeit läge, als ich noch mit Mike zusammen gewohnt habe. Ich erinnere mich an den Streit und merke dadurch wieder, wie angespannt ich all die Jahre war, als ich mit Mike zusammen war. Sie teilen mir mit, dass Lina einiges erzählt hat von dem, was sie bei Mike nicht mehr gut aushalten kann und sie belasten. Am Vortag habe das Auswertungsgespräch mit Mike stattgefunden und dort hätten sie ihm die entsprechenden Sequenzen vorgespielt und es mit ihm besprochen. Sie deuteten nur an, dass Mike bei Lina immer sehr schlecht über mich spricht und Lina das belastet. Ich bin froh, dass Lina sich geöffnet hat und davon berichtete.

Ich versuche gemeinsam mit Mats noch einmal, die Notlage und die Dringlichkeit für Lina und Ella deutlich zu machen. Frau Urstein und ihr Kollege stellen uns in Aussicht, nun erst einmal so weiter zu arbeiten und zu schauen, wie es sich entwickeln würde. Dass das Helfersystem den dringenden Handlungsbedarf nicht in der Form sieht wie ich, daran hatte ich mich fast gewöhnt, schwer auszuhalten war es dennoch jedes Mal aufs Neue.

Nach einem Wochenende bei Mike kommen Lina und Ella wieder einmal in einem emotional aufgelösten Zustand zu mir. Lina berichtet mir direkt, dass Ella am Samstagabend bei Mike in ihr Zimmer gepinkelt hat, weil sie sich aus Angst vor Mike nicht mehr getraut habe, aufzustehen. Lina, die sonst nie etwas von Ella berichtet, belastet diese Situation so stark, dass sie es unbedingt loswerden muss. Entgegen meiner sonstigen Haltung spreche ich Ella auf die Situation an. Ella winkt im ersten Moment reflexartig und fast erschrocken ab: „Ach nein, Mama, das war gar nicht schlimm!". Erst als ich ihr sage, dass Lina sie gut verstehen kann und sich auch nicht mehr traue, abends bei Papa aufzustehen, beginnt Ella wie ein Wasserfall zu erzählen. Sie sagt, besonders schlimm wäre die Situation am nächsten Morgen gewesen, als Mike entdeckt hätte, was passiert war. Er habe sie direkt angemeckert. Als sie ihm erklärte, dass sie Angst vor ihm habe, wäre er sofort auf 180 gewesen: „Mach mich nicht verantwortlich dafür, dass du dich eingepisst hast, weil du zu blöd bist, um aufs Klo zu gehen!" Ella habe dabei zusehen müssen, als er das Zimmer reinigte. „Schau dir an, wie ich hier deine Pisse wegwische!"

Die Schilderungen und die Vorstellung von der Situation, der Gedanke daran, wie es meinen Kindern dabei ergangen sein muss, drehen mir regelrecht den Magen um. Immerhin kenne ich Mike und seine cholerischen Ausbrüche nur zu gut. Wie nun aber vorgehen? In den vergangenen drei Jahren seit der Trennung wurde mir mehrfach gesagt, ich solle meine Erfahrungen mit Mike nicht auf die Kinder übertragen, nur weil er mir gegenüber gewalttätig gewesen sei, wäre das gegenüber den Kindern nicht anzunehmen. Eine Gratwanderung, auf diese und ähnliche Situationen aufmerksam zu machen und gleichzeitig nicht den Eindruck der überbesorgten und übertragenden Mutter zu erwecken.

Ich entscheide mich für eine sachliche Schilderung auf Papier und versende es „zur Kenntnis" per E-Mail an Frau Urstein und Frau Bologne. Frau Bologne antwortet innerhalb von Minuten und fragt, ob ich mit dem Vater bereits gesprochen habe. Ich fühle mich erinnert an die Gespräche mit meiner Anwältin und frage mich, ob das Helfersystem um mich herum wohl immer wieder vergisst, wie die Kommunikation zwischen Mike und mir verläuft.

Auf meine Antwort, dass ich das nicht getan habe, da Mike in der Vergangenheit auch weniger brisante Themen als Angriff verstanden hätte, erhalte ich keine weitere Reaktion von Frau Bologne. In meiner Verzweiflung rufe ich Ellas Therapeutin an, schildere ihr die Situation und bitte sie um Hilfe. Sie sagt, dass ich mit dem Gespräch alles richtig gemacht habe. Ich könne nicht mehr tun, als die Kinder zu stärken und ihnen zuzuhören. Sie stellt noch ein paar Rückfragen und sagt, dass es ein bekanntes Phänomen sei, dass Kinder sich abends nicht mehr trauen aufzustehen und sich dann irgendwelche Kisten oder Ecken im Zimmer suchen, um dort hin zu pinkeln. Keine weiteren Reaktionen.

Ich bin geschockt und frage mich, was noch passieren muss, damit das Helfersystem handelt und sich aus der Haltung der „Unparteilichkeit" begibt. Offenbar haben alle das Gefühl, wenn sie aufgrund meiner Schilderungen handeln, dass sie mir damit den Rücken stärken und ihre Unparteilichkeit Mike und mir gegenüber verlieren. Dass es hier um Hilfe für Ella geht, sieht offenbar keiner.

Die Geschichten häufen sich. Es vergeht inzwischen kaum noch ein Tag, an dem Lina nicht ein Gespräch mit mir einfordert und mir von Streitereien und für sie schwierigen Situationen mit Mike berichtet. Mike trennte sich inzwischen von Melanie, hat aber bereits eine neue Freundin. Er eröffnet den Kindern direkt, dass sie diese aber nicht kennenlernen würden. Mike erklärt ihnen, dass er Lina und Ella damit schützen möchte. Grundsätzlich eine gute Idee, Melanie hatte er nach wenigen Wochen Beziehung direkt mit zu Ellas Einschulung gebracht und die

Kinder wurden nach kurzer Zeit regelmäßig von Melanies Eltern betreut. Ich bin froh, wenn ihnen diese Beziehungsabbrüche nun erspart bleiben. Für die Kinder, besonders für Lina, fühlt es sich nicht richtig an, von der neuen Freundin alles zu wissen, sie aber nicht kennenzulernen. Sie sieht die Freundin häufig vom Fenster aus, wenn sie Mike am Abend doch noch einmal kurz besuchen kommt, kennt auch ihren Namen, weiß, was sie macht. Auch sind bereits Hausschuhe und Hygieneartikel der neuen Freundin in der Wohnung von Mike deponiert. Lina will wissen, wer sie ist, hat deshalb oft Streit mit Mike und findet seine neue Freundin aus diesem Grund bereits doof. Mike erklärt Lina, dass ich sofort Kontakt zu seiner neuen Freundin aufnehmen würde, wenn ich erst wüsste, wer sie ist. So hätte ich es bei Melanie ja auch gemacht. Und Melanie hätte sich dadurch so aufregen müssen, dass sie eine Fehlgeburt erlitt. „Wegen Caja haben wir ein Kind verloren!" Die Geschichte die Lina mir danach über die angebliche Schwangerschaft und Fehlgeburt von Melanie erzählt, ist so merkwürdig, dass ich mir sicher bin, dass es sich wieder einmal um eine von Mikes Lügen handelt. Obwohl ich meine Gedanken Lina gegenüber nicht äußere, hat sie selbst auch das Gefühl, Mike erzähle ihr komische Geschichten und wird nur noch wütender auf ihn.

Ich bin fassungslos. Abermals. In der Tat hatte ich einmal Kontakt zu Melanie. Vor knapp einem Jahr hatte ich einen verpassten Anruf und eine WhatsApp Nachricht von einer mir unbekannten Nummer auf meinem Handy: *„Ich habe es jetzt auch endlich gerafft."* Als Absender zeigte WhatsApp mir Melanie.

Ich antwortete irritiert:

„Hallo, Melanie, ist die Nachricht für mich? Gruß Caja"

„Ja, musste das einfach mal loswerden. Lasst euch nicht unterkriegen."

Offenbar hatte sie meine Nummer herausgefunden oder von Mike bekommen, mich angeschrieben und nun wurde diese Situation von Mike wieder so dargestellt, dass ich Kontakt aufgenommen habe. Woher Mike überhaupt wusste, dass Melanie und ich Kontakt haben, ist mir nicht klar. Ich habe es ihm nicht gesagt und Melanie würde sich selbst ja keinen Gefallen tun, ihm zu berichten, dass sie Kontakt zu mir aufgenommen hat. Schnell habe ich den Gedanken, wie bedrohlich ich offenbar für Mike sein muss und was für eine Macht er mir damit zuspricht. Nun gut, selbst wenn es so gewesen war und Melanie wegen mir eine Fehlgeburt erlitten hatte, ging es für mich nicht, dass Mike dies mit unseren Töchtern bespricht, die zu diesem Zeitpunkt gerade einmal 12 und 8 Jahre alt sind. Ich bitte Frau Urstein um ein Gespräch. Frau Urstein macht mir im Telefonat deutlich, dass sie und ihr Kollege sehen, dass Mike eine Störung hat und dabei überhaupt keine Krankheitseinsicht zeigt. Dass sie sich noch einmal mit ihrer Chefin besprechen würden, es für sie aber sehr schwierig sei, wie sie nun verfahren wollen, da sie auch sehen, dass das Verhältnis zwischen Mike und den Kindern schon sehr angespannt ist. Wir würden uns ja am Donnerstag bei Frau Bologne zum ersten Hilfeplangespräch sehen und bis dahin hätten sie sich besprochen.

Erleichterung auf der einen Seite, dass endlich, nach drei Jahren, jemand erkennt und sieht, was ich schon lange weiß. Gleichzeitig ahne ich bereits, dass auch diese Erkenntnis nicht dazu führen wird, dass das Helfersystem zum Handeln kommt.

Und genau so ist es. Am darauffolgenden Donnerstag treffen wir uns im Jugendamt zum Hilfeplangespräch. Ich habe mir vorgenommen, ganz ruhig zu bleiben und nicht viel zu sagen, besonders will ich mich nicht für irgendetwas rechtfertigen. Mats hatte mir am Vorabend gesagt, dass ich weiterhin Geduld haben solle, er habe den Eindruck, ich wolle jetzt etwas übers Knie brechen, was nicht übers Knie zu brechen ist. Auch sagte er mir, dass ich zu emotional erscheine, wenn ich meine Standpunkte vehement vertrete. Ich nehme mir zu Herzen, was Mats mir sagte, fühle mich aber in zunehmendem Maß verzweifelt, weil ich das Gefühl habe, keiner wird uns jemals helfen und wir sind gefangen in dieser Situation.

Das Hilfeplangespräch beginnt damit, dass wir Eltern aus unserer Sicht schildern, wie die vergangenen Monate mit der Familienhilfe gelaufen sind. Mike beginnt. Er macht direkt deutlich, wie schade er es findet, dass keine Gespräche mehr zwischen uns stattfinden, er würde die Gespräche sehr gerne weiterführen. Er schildert, dass die Gespräche immer eskalieren, für Außenstehende muss es sich so anhören, als wenn ich den Rahmen jedes Mal sprenge und er das gesprächsbereite Opfer ist. Mike möchte klarere Regeln und Strukturen und erklärt wieder einmal, dass ich mich nicht an Regeln halten würde und dass das das Problem sei. Ich kann diese Lügen nicht mehr hören und merke, wie ich innerlich beginne zu kochen. Widerholt besteht Mike darauf, dass ich die Kinder nicht pünktlich um zehn Uhr zu ihm bringe. Widerholt sagte ich, dass dies nicht stimmt. Aussage gegen Aussage. Ich fühle mich machtlos. Auch führt Mike wieder einmal an, dass ich sein Privatleben nicht akzeptieren würde und Melanie angeschrieben habe. Auch hier widerspreche ich vehement. Mike kommentiert: „Ja ja, Screenshots liegen schon bei meinem Anwalt." Aussage gegen Aussage, meine Machtlosigkeit vermischt sich mit Wut. Dann sind die Familienhelfer an der Reihe und sollen berichten, wie die Hilfe aus ihrer Sicht angelaufen ist. Sie berichten von den gescheiterten Elterngesprächen und davon, dass sie sich nun vermehrt mit Lina und Ella beschäftigen wollen und nicht mehr mit uns Eltern, um sich nicht in den Loyalitätskonflikt ziehen zu lassen. Über die Einzelgespräche möchten sie nicht sprechen, da sie dies im Vertrauen mit uns Eltern separat tun würden. Frau Bologne spricht an, ob es eine Vereinbarung gibt, die wir hier treffen könnten. Mike führt an, dass er denkt, dass es für die Kinder besser wäre, wenn wir das Wechselmodell modifizieren und wöchentlich wechseln. Dies hatte Mike bereits im vergangenen Jahr beim Clearing mit Frau Meyer angesprochen und auch schon mit Frau Urstein. Frau Urstein sagte damals, dass sie die Kinder in den Gesprächen auch darauf angesprochen hatte und die Kinder sich das gut hätten vorstellen können. Ich mache mehr als deutlich, dass ich nicht sehen kann, dass eine Veränderung des Wechselmodells eine Entlastung für Lina und Ella darstelle. Ich möchte, dass die Familienhelfer sagen, was Lina und Ella ansonsten im Gespräch gesagt haben. Ich äußere mein Gefühl, dass Lina und Ella primär darunter leiden, dass ihr Vater so schlecht über mich spricht und sich deshalb unter dauerhafter Anspannung befinden. Die Familienhelfer hüllen sich in Schweigen. Ich werde immer emotionaler. Mike bricht das Schweigen und sagt: „Wenn du es genau wissen willst, haben die Kinder gesagt, dass sie es nicht mehr aushalten können, dass ich so schlecht über dich spreche. Aber dann musst du auch erst einmal dein Verhalten ändern, wie soll ich sonst anders über dich sprechen?"

Weiteres Schweigen von Seiten des Helfersystems. Ich sage, dass die Kinder leiden und spreche den Vorfall mit Ella an, die aus Angst vor ihrem Vater in ihr Zimmer gepinkelt habe. Mike steigt direkt ein und spricht den Familienhelfer an: „Das hatten wir im Gespräch ja bereits geklärt und Sie meinten ja auch, dass es bei Ella wegen den Wechseln zu einer Verwirrung kam und sie dachte, sie sei bei ihrer Mutter und habe sich nicht getraut aufzustehen, weil sie Angst vor Mats hat."

Ich bin sprachlos. Keiner der Helfer lenkt ein. Mike steigert seine Ausführungen und berichtet, dass er wegen meinem nicht enden wollenden Terror jetzt sogar einen Bandscheibenvorfall habe und es an der Zeit sei, dass das Wechselmodell modifiziert wird. Frau Urstein spricht mich an und sagt, dass ich mir doch wünsche, dass die Kinder merken, dass die Gespräche auch eine Wirkung haben und ob es nicht denkbar wäre, dass ich mich auf eine Modifizierung des Wechselmodells einlassen könne. Ich sage, dass ich es in der Tat für sinnvoll erachte, dass die Kinder das Gefühl von Selbstwirksamkeit zurückerlangen und wenn sie diesen Wunsch im Gespräch geäußert haben, dann könne ich mich darauf einlassen. Frau Bologne schreibt sogleich mit und sagt: „Dann kann ich Frau Licht ja direkt mitteilen, dass sich dieser Punkt für die anstehende Gerichtsverhandlung geklärt hat und das Wechselmodell nicht mehr verhandelt werden muss."

Alarm! Nein! Ich widerspreche und sage klar und deutlich, dass ich keinen Antrag auf Auflösung des Wechselmodells bei Gericht gestellt habe, damit wir das hier nun vom Tisch fegen. Ich bin nach wie vor der Überzeugung, dass Lina und Ella unter dem Wechselmodell leiden und ich in diesem Fall meine Zustimmung zurückziehe. Frau Bologne ist ungehalten und weist mich in die Schranken. Sie fragt mich, was ich nun eigentlich wollen würde. Sie wirkt angespannt und ich bemerke seit Beginn des Gespräches, dass sie genervt ist. Nichts ist mehr da von ihrem anfänglichen Enthusiasmus und Engagement. Ich habe das Gefühl, dass die Helfer zunächst immer sehr motiviert und engagiert an unseren Fall herangegangen waren. Alle hatten wohl die Hoffnung, etwas ändern zu können. Sie beratschlagten sich, machten tolle Ideensammlungen auf Flipcharts, tolle Aufstellungen, Genogramme und Lifelines und merkten nach wenigen Gesprächen mit uns, dass sie an die Grenzen ihrer Fachlichkeit geraten. Dann resignierten sie und beendeten die Arbeit mit uns. Dieser Verlauf schwante mir nun auch bei Frau Bologne.

Mike möchte im Protokoll noch mit aufgenommen haben, dass Lina inzwischen richtig aggressiv ihm gegenüber ist und dass das ein Ende haben müsse. Er berichtet, dass Lina ihn körperlich angreife und dass er sich das von einer 12-Jährigen nicht bieten lasse. Mike berichtet, dass Lina ihm beim letzten Wechsel von hinten bewusst in den Rücken auf seinen Bandscheibenvorfall gesprungen sei. Ich frage nach, was dieser Situation vorausgegangen ist. Mike sagt, dass Lina für sich Unterhosen aus meiner Wohnung mitgebracht habe, weil sie bei ihm nicht mehr genug für den Urlaub hätte. Das hätte ihn sauer gemacht, weil er Lina extra gesagt hatte, dass sie ihm Bescheid geben solle, wenn ihr Unterhosen fehlen würden, damit er ihr welche bestellen könne. Nachdem er ihr gesagt habe, dass ihn das sauer mache, sei sie aus heiterem Himmel wütend geworden und habe ihn angegriffen.

Ich sage: „Lina hat das doch toll geregelt, du hättest ihr doch einfach die Rückmeldung geben können, dass du dich freust, dass sie das Problem selbst gelöst hat. Dass du sauer wurdest, hat ja nichts mit Lina zu tun, sondern ist mit Sicherheit ein anderer Trigger, den du ausschalten musst."

„Es sind ja trotzdem zu wenig Unterhosen und es hat mich null getriggert, sie hätte einfach Bescheid sagen sollen, dass ich welche bestelle, klar werde ich da sauer."

„Braucht ihr denn jetzt für morgen für den Urlaub noch Unterhosen?"

„Nein danke!"

Das Helfersystem sitzt unbeteiligt dabei und zeigt keine Reaktion. Frau Bologne kommt zum Abschluss des Gespräches und stellt in Aussicht, dass das nächste Hilfeplangespräch in einem halben Jahr stattfinden wird. Sie ist genervt und deutet an, dass, wenn sich nichts an der Situation verändert, auch andere Maßnahmen wie eine Heimunterbringung der Kinder eine Option darstelle. Mike lenkt sofort ein und sagt, wenn dies der Fall sein sollte, gäbe er die Kinder lieber zur Mutter, dann bekäme sie endlich, was sie wolle.

Frau Bologne kündigt abschließend an, dass sie zum Herbst ihre Stunden reduzieren würde und noch nicht klar sei, ob sie unseren Fall dann behalten würde, sie gäbe uns Bescheid.

Vollkommen desillusioniert gehe ich raus. Frau Urstein und ihr Kollege stehen noch vor der Tür. Ich schaue sie entsetzt an und sage kurz und knapp „Ich bin einfach nur fassungslos. Jetzt bin ich auch noch schuld an seinem Bandscheibenvorfall und keiner tut etwas." Die Familienhelfer nicken und sagen, dass sie das alles schon erkennen, aber Zeit brauchen. Ich entgegne, dass mir das schwer fällt, da ich ja bereits seit drei Jahren hilflos zusehen muss. Sie wiederholen sich und sagen, dass sie ja nun erst ein Gespräch mit Lina und Ella hatten und dass sie sich auf dieser Grundlage nicht zu weit aus dem Fenster lehnen wollen, dass sie mich einfach um Zeit und Vertrauen bitten. Sie wollten sich im Gespräch nicht auf meine Seite schlagen, um Mike nicht zu verärgern und seine Bereitschaft zur Mitarbeit nicht aufs Spiel setzen. Das leuchtet mir ein, dennoch schwindet mein Vertrauen.

Zeitgleich mit dem Protokoll des Hilfeplangespräches kommt ein Schreiben von Mike und seinem Anwalt bei mir an. Zwei Schriftsätze die es in sich haben. Sie zu lesen verlangt von mir jedes Mal unendlich viel Kraft und die Stabilität, unter all dieser Ungerechtigkeit nicht zusammenzubrechen.

Frau Bologne schreibt im Protokoll des Hilfeplangespräches *„Die Kindsmutter erklärt, dass sie im Zweifel auch bereit wäre, die Kinder in eine Einrichtung zu geben, damit sie sich gesund – und ohne Konflikte der Eltern – entwickeln können."*

Ich bin geschockt. Das habe ich zu keinem Zeitpunkt gesagt und weiß sicher, dass das der reinste Alptraum für Lina, Ella und mich wäre. Ich rufe Frau Bologne an. Nachdem ich meinen Namen gesagt habe, ist sie schon deutlich genervt. Ich sage, dass ich diesen Satz niemals gesagt habe und mache deutlich, dass ich in einem Gespräch mit Frau Urstein einige Wochen zuvor sogar mitgeteilt habe, dass Lina und Ella daran kaputt gehen würden. „Doch, das haben Sie gesagt. Sie waren ja auch sehr emotional und wissen das vielleicht nicht mehr." Egal wie ich ihr widerspreche, sie bleibt fest bei ihrem Standpunkt und sagt nur müde, dass ich ihr diesen Einwand ja schicken könne und sie hefte es zu den Akten, verändern würde sie das Protokoll aber nicht mehr. Ende des Gespräches. Ich bin abermals fassungslos und erhebe schriftlich Einspruch gegen das Protokoll.

Der Schriftsatz zu meinen gerichtlichen Anträgen von Mike ist eine mehrseitige Sammlung von Lügen. Ich lese alle Seiten durch und denke beim Lesen, dass diese Lügen und Widersprüche so sichtbar sind, dass jeder sie erkennen muss. Allerdings wird schnell klar, dass nur ich, die alle Details kennt, dies so sehen kann. Selbst Ina und Mats erkennen beim ersten Lesen nicht, wie Mike sich widerspricht.

Im Protokoll des Hilfeplangespräches beispielsweise steht, dass ich mich nicht an Regeln halte und Mike beklagt, dass ich die Kinder nie pünktlich zu ihm bringen würde, was für ihn schwierig sei, weil er schon oft von ihm gesetzte Termine wegen meiner Unpünktlichkeit hätte absagen müssen und die Kinder dann die Wut von ihm auf mich zu spüren bekämen.

Im Schriftsatz seines Anwaltes steht, dass die Kindsmutter Mike dazu dränge, an den Wechseltagen Termine wie Ellas Therapie wahrzunehmen und dass das schwierig sei, weil die Kinder den Wechseltag ohne Termin zum Ankommen benötigen würden. Auch schreibt der Anwalt, dass Mike und er nicht verstehen, warum ich an meinem Antrag zur Übertragung der Gesundheitsfürsorge festhalte, denn Mike habe doch bereits vor drei Monaten alle Einverständniserklärungen unterschrieben.

Ich rufe direkt beim Kieferorthopäden an und erkundige mich, ob die Einverständniserklärung von Mike inzwischen vorliegt.

Die Sprechstundenhilfe verneint. Ich bitte sie daraufhin, mir kurz schriftlich zu geben, dass die Einverständniserklärung zum heutigen Datum noch nicht vorliegt. Dies wird direkt abgelehnt, das könne sie nicht machen und ich möge mich doch bitte mit dem Vater auseinandersetzen und dies besprechen. Die gleiche Antwort bekomme ich von der kieferchirurgischen Praxis, bei welcher Mikes Unterschrift ebenfalls noch nicht vorliegt.

Als nächstes rufe ich Ellas Therapeutin an. Im Schriftsatz steht, dass ich den Termin für Ellas Therapie auf Mittwochnachmittag gelegt habe und Mike sich lediglich meinem Druck gebeugt habe, obwohl er sich für Ella und Lina wünsche, am Wechseltag keine Termine zu haben. Ich habe sogar eine E-Mail vom Beginn der Therapie, aus der hervor geht, dass ich irritiert bin über den Mittwoch und ich gerne Termine am Montag gehabt hätte. Auch die Therapeutin von Ella möchte ich bitten, mir dies noch einmal schriftlich zu belegen. Ich muss irgendwie aus dieser Ohnmacht heraus und möchte all die Lügen belegen, so kann ich es nicht stehenlassen. Leider erreiche ich nur den Anrufbeantworter, Ellas Therapeutin ist die kommende Woche im Urlaub.

Nächster Punkt im Schriftsatz ist, dass ich in meiner Begründung zur Abänderung des Wechselmodells angegeben habe, dass die Kinder, wenn sie bei Mike sind, häufig fremdbetreut werden. Mike lässt mitteilen, dass die Fremdbetreuung nur notwendig sei, weil ich bei der Terminvergabe der gemeinsamen Elterngespräche so unflexibel wäre und immer nur die Tage angeben würde, an denen Lina und Ella bei Mike seien und er dann eine Kinderbetreuung benötige. Ich vereinbare einen Termin mit Frau Urstein und hoffe, dass sie mir schriftlich geben wird, dass es Mikes ausdrücklicher Wunsch war, dass wir die Termine auf Mittwoch oder Donnerstag legen und er sogar seine Einzeltermine auf diese Tage gelegt hat.

Ich denke an Norbert Blüm, der in seinem Buch „*Einspruch*" schreibt „*Wer vor dem Familiengericht nicht lügt, ist entweder anständig oder dumm.*"

Ich bin offenbar beides, denn ich glaube fest an die Wahrheit. Einen Tag später erhalte ich die Ladung zur Gerichtsverhandlung.

Endlich. Lina und Ella sollen dieses Mal direkt vor Gericht angehört werden.

Ich scheue mich noch, mit ihnen über die anstehende Verhandlung zu sprechen. Ella erwähnt, dass bald ohnehin alles besser wird, wenn sie wöchentlich wechseln. Ich werde hellhörig. Offenbar hatte Mike bereits mit beiden Mädchen darüber gesprochen und ihnen gesagt, dass ein wöchentliches Wechselmodell alles besser machen würde. Ohne groß darauf einzugehen frage ich beide, ob sie denn wüssten, dass es auch andere Modelle gäbe als das Wechselmodell. „Welche denn?" fragt Lina. Ich mache anhand von Beispielen von Freunden und Bekannten deutlich, dass es beispielsweise die Regelung gibt, dass man einen Elternteil alle zwei Wochen fürs Wochenende sieht, dass man unter der Woche bei einem Elternteil und am Wochenende beim anderen Elternteil ist. Oder eine 10-4-Regelung, bei der die Kinder 10 Tage bei einem und dann 4 Tage beim anderen Elternteil sind. Lina lenkt ein: „Hä? Das sind doch auch alles Wechselmodelle, da wechselt man doch auch zwischen den Eltern."

Mit einem Schlag wird mir bewusst, dass Erwachsene wohl davon ausgehen, dass Kindern immer klar ist, was wir meinen. Lina und Ella wurden von verschiedenen Stellen befragt, ob sie das Wechselmodell noch wollen und stehen immer voll und ganz dahinter. Aber offenbar ist in ihren Köpfen die Vorstellung von einem Wechselmodell eine vollkommen andere als die in den Köpfen der fragenden Erwachsenen. Lina und Ella wollen beide Eltern in ihrem Leben, das verstehen sie unter einem „Wechselmodell". Nach diesem Gespräch beschließe ich, dass ich erst kurz vor der Gerichtsverhandlung mit Lina und Ella darüber spreche, dass der Verfahrensbeistand noch einmal zu uns kommen wird und dass wieder eine Gerichtsverhandlung ansteht. Zuerst möchte ich die Ferien genießen und unseren gemeinsamen Urlaub.

Doch so weit kommt es nicht. Es sind Ferien, Lina und Ella verbringen zwei Wochen bei Mike. Zwei Wochen, in denen ich keinen Kontakt zu meinen Kindern habe, nicht weiß, wie es ihnen geht. Der Wechsel klappt dennoch gut, Lina und Ella fallen mir nach diesen zwei Wochen in die Arme und wir kommen schnell wieder beieinander an. Beide Kinder wirken trotzdem sehr angespannt. Von dem Moment an, als sie die Wohnung betreten, gibt es nur Streit zwischen ihnen. Lina provoziert wo sie nur kann und Ella beißt Lina, weil sie sich nicht anders zu helfen weiß. Aus jedem Spiel entsteht ein Streit und irgendwann fällt Lina mir wegen einer Kleinigkeit weinend in den Arm. „Alles ist scheiße und der blöde Herr Krause kommt am Dienstag zu uns und ich will nicht mit dem reden!" Ich bin überrascht und frage, woher sie das weiß. „Papa hat das gesagt und er hat gesagt das ist alles deine Schuld." Ich halte Lina im Arm, die sich ausweint und richtig laut schluchzt und sich irgendwann wie ein kleines Baby auf meinem Schoß einkuschelt. Ich bin überfordert. Immer im Zwiespalt. Spreche ich mit ihnen, mache ich es gefühlt nicht besser als Mike, spreche ich nicht mit ihnen, fühlen sie sich übergangen und sind verunsichert. Wie kann man diese Themen ohne Einfluss zu nehmen mit zwei Kindern im Alter von acht und 12 Jahren besprechen?

Ich sage ihnen, dass der Verfahrensbeistand etwas Gutes für sie ist, denn er sitzt im Gerichtssaal und möchte sich für die Wünsche von ihnen einsetzen. Dafür kommt er zu uns und es wäre gut, wenn sie ihm sagen, was sie wollen. Ich sage beiden, dass ich es gut verstehen kann, wenn man gar nicht mehr selbst weiß, was man eigentlich will, weil man auch möchte, dass es seinen Eltern gut geht. Wir Eltern sind aber erwachsen und können selbst gut dafür sorgen, dass es uns gut geht. Die wichtigste Aufgabe im Leben ist es, dafür zu sorgen, dass es einem selbst gut geht. Ich sage ihnen noch, dass ich mir wirklich vorstellen kann, wie die Situation für beide ist, denn sie lieben ja Papa und mich und wenn zwei Menschen die man liebt immer streiten, ist das schwer auszuhalten. So geht es mir auch, wenn Lina und Ella treiten, aber manchmal kann man das leider nicht ändern. Lina und Ella wirken nach dem Gespräch ausgeglichener und wir können tatsächlich ein paar entspannte und schöne Tage miteinander verbringen.

Dennoch rufe ich Frau Urstein an und bitte sie, vor dem Gespräch mit dem Verfahrensbeistand noch einmal zu uns zu kommen. Ich habe das Gefühl, für Lina und Ella ist es gut, wenn sie noch einmal von einer neutralen Person hören, warum der Verfahrensbeistand zu uns kommt und sie Mut gemacht bekommen, mit dem Verfahrensbeistand zu sprechen. Frau Urstein bietet auch an, bei dem Gespräch mit dem Verfahrensbeistand dabei zu sein. Ich frage den Verfahrensbeistand per Mail, ob er sich das vorstellen kann. Die Antwort überrascht mich. Er antwortet, dass er bei dem Vater ja bereits mit den Kindern gesprochen hat und es problemlos möglich war, mit den Kindern zu sprechen. Ich wusste nicht, dass Lina und Ella bereits mit Herrn Krause gesprochen hatten. Dennoch halte ich an dem Termin mit Frau Urstein einen Tag vor dem Besuch von Herrn Krause bei uns Zuhause fest.

Lina und ich sind gerade auf dem Weg ins Bett, da beginnt Lina plötzlich zu weinen. Sie schluchzt und ihr ganzer Körper bebt, sie ist kaum in der Lage, zu sprechen. Ich nehme sie in den Arm und halte sie einfach nur fest. Irgendwann findet sie Worte. Sie beschreibt, dass sie nicht mehr aushalten kann, was Papa alles über mich sagt. Wenn Ella und sie bei ihm sind, geht es jeden Tag darum, wie schlimm ich bin und dass ich ihr Leben zerstöre. Egal was Lina sagt, Papa entgegnet immer „Bedank dich dafür bei deiner Mutter!". Lina berichtet mir, dass Papa ihr erzählt hat, dass er Fotos von Mats und mir gefunden hat, die beweisen, dass ich mit Mats schon zusammen war, als meine Mutter gestorben ist. Dass ich bei Gericht beantragt habe, dass Lina und Ella ganz zu mir ziehen und dass ich möchte, dass sie ihren Papa nie mehr sehen. Es folgen weitere, absurde Geschichten und Lina hört gar nicht auf mit ihrem Redefluss. Am Ende sagt sie, dass sie gar nicht mehr weiß, wem sie was glauben soll. Ich komme zu Wort und sage ihr, dass ich sie gut verstehen kann, dass es ein schlimmes Gefühl sein muss, denn wenn man jemandem vertrauen können sollte, dann seinen eigenen Eltern. Zu den einzelnen Geschichten die Mike Lina und Ella erzählt hat, sage ich gar nichts. Zu groß ist meine Sorge, dass es Lina noch mehr Druck macht. Stattdessen vertraue ich in Linas Gefühl, dass sie irgendwann spüren wird, was Wahrheit und was Lüge ist. Kaum beruhige ich mich mit diesem Gedanken, bestätigt Lina mich, indem sie mir erzählt, dass sie Mike glauben möchte, aber es immer mehr Situationen gibt, in denen er sie anlügt und sie das im Nachhinein herausfindet. So hat Mike ihr z.b. erzählt, dass er mit einem Freund in den Urlaub fährt und zufällig kam heraus, dass er mit seiner neuen Freundin im Urlaub war. Das macht Lina wütend und die Tränen beginnen wieder zu laufen. Irgendwann schläft sie in meinem Arm einfach ein vor lauter Erschöpfung. Ich bin aufgewühlt und verzweifelt, schlafe schlecht und meine Gedanken drehen sich. Auch ich habe das Gefühl, all das nicht mehr aushalten zu können und möchte, dass dieser Albtraum für uns alle endlich ein Ende findet.

Nach wenigen Stunden Schlaf steht Frau Urstein am nächsten Morgen vor unserer Tür. Nach einem kurzen Smalltalk falle ich direkt mit der Tür ins Haus. Entgegen meiner sonstigen Art spreche ich in Gegenwart von Lina und Ella mit Frau Urstein über das Gespräch mit Lina am Vorabend. Ich habe das Gefühl, Lina und Ella brauchen jetzt Hilfe und Unterstützung, würden all diese Dinge aber Frau Urstein oder Herrn Krause gegenüber selbst nicht äußern. Die anstehende Gerichtsverhandlung sitzt mir im Nacken. Ich fühle mich hilflos und brauche doch so dringend Hilfe. Ich habe das Gefühl, das Vertrauen von Lina zu missbrauchen, gleichzeitig denke ich, wenn sie mir erzählt hätte, dass sie von Mike geschlagen wird, könnte ich dies auch nicht für mich behalten. Was Mike macht sind Prügel auf die Seele meiner Kinder. Noch während ich im Redefluss bin und Frau Urstein berichte, was Lina mir erzählt hat, merke ich, dass die Situation nicht gut ist. Lina und Ella fühlen sich nicht wohl und Frau Urstein kann die Situation kaum lenken. Wir beschließen, dass ich einmal um den Block gehe und Frau Urstein mit Lina und Ella alleine spricht. Nach einer Stunde komme ich zurück in die Wohnung. Frau Urstein sagt nicht viel außer, dass ich die Situation für heute einmal ruhen lassen soll und dass Lina und Ella nicht mit ihr gesprochen hätten und sie beiden gesagt habe, dass es ok ist, nicht zu sprechen.

Ich fühle mich wie benebelt. Ich merke, wie sehr es den Alltag überschattet, wenn ich mit den Kindern die Situation mit

Mike bespreche. Mir kommt der Gedanke, wie es wohl für Lina und Ella bei Mike sein muss, wenn diese Themen dort täglich auf den Tisch kommen. Ich brauche auch eine Pause und wir drei sind froh, den Rest des Tages nicht mehr über diese Themen sprechen zu müssen und verbringen noch einen schönen Sommertag miteinander.

Am nächsten Tag kommt Herr Krause zu Besuch. Ich habe mich schriftlich vorbereitet und für mich sortiert, was ich meine, was unsere grundlegenden Probleme sind, welche Themen geklärt werden sollten und was die Kinder in meinen Augen belastet. Ganz oben auf der Liste steht, dass es für die Kinder belastend ist, dass Mike schlecht über mich redet. Ganz kurz habe ich das jüngste Gespräch zwischen Lina und mir dort aufgeführt. Außerdem, dass es Lina und Ella wichtig ist, dass sie an Geburtstagen beide Eltern sehen können, dass sie an Himmelfahrt mit zum Familienfest dürfen und dass Elterngespräche in der Schule geregelt sind.

Herr Krause bittet mich ebenfalls, eine Runde um den Block zu drehen, sagt aber, dass ihm 10-15 Minuten schon ausreichen. Nach 14 Minuten kehre ich in die Wohnung zurück. Herr Krause ist bereits fertig mit dem Gespräch. Er teilt mir noch mit, dass die Anhörung der Kinder verschoben wird und möchte sich verabschieden. Ich drücke ihm noch meine kurzen, schriftlichen Gedanken in die Hand.

Bis zur Verhandlung ist noch eine Woche Zeit. Ich hoffe darauf, mich in dieser Woche wieder sammeln zu können und für Lina, Ella und mich wieder etwas Alltag zu bekommen, ohne dass die anstehende Gerichtsverhandlung zu viel Raum einnimmt. Mein Telefon klingelt, Frau Urstein ist dran. Sie fragt mich, ob es mir möglich sei, für ein Gespräch mit ihr und ihrem Kollegen in ihre Geschäftsräume zu kommen. Ich sage zu und fahre am nächsten Tag um elf Uhr zu ihnen. Ich ahne, dass sie den letzten Besuch von Frau Urstein bei mir und den Kindern noch einmal thematisieren wollen. So ist es. Sie haben es als sehr unglücklich empfunden und auch nicht gut für die Kinder. Dem kann ich nur zustimmen. Ich erkläre ihnen, dass ich verzweifelt bin und das Gespräch mit Lina am Vorabend einfach der letzte Tropfen war, den ich nicht mehr fassen konnte. Ich erkläre, dass es unheimlich schwer ist, mit dieser Last zu leben und ich nicht mehr weiß, wie ich meinen Kindern helfen kann. Eine Stunde lang versuche ich beiden klar zu machen, dass mir die Hilfe zu langsam geht, dass ich das Gefühl habe, es passiert nichts und dass immer geschaut wird, dass Mike im Boot bleibt und alle es positiv sehen, dass er sich nun auf die Hilfe einlassen kann. Ich bindiejenige, die ein Jahr lang für die Hilfe gekämpft hat, erhalte aber keine Unterstützung. So ist mein Gefühl. Ich brauche einen Fahrplan, weil ich gar nicht weiß, was sich Frau Urstein und ihr Kollege überlegt haben, wie sie nun weiterarbeiten wollen. Beide bestätigen mir, dass es ihnen ähnlich geht. Sie haben sich nun überlegt, dass sie mit Mike und Lina ein „Vater-Tochter-Coaching" machen möchten. Mike fällt es schwer, die Bedürfnisse der Mädchen zu erkennen und adäquat auf sie zu reagieren. Lina möchten sie dabei stärken, sich Mike gegenüber zu behaupten und ihm ihre eigenen Bedürfnisse mitzuteilen. Ich bitte darum, Ella nicht aus dem Focus zu verlieren, denn ich habe das Gefühl dass sie noch viel stärker im Loyalitätskonflikt steckt als Lina und seit Lina sich gegen Mike stellt, noch mehr Verantwortung für ihren Vater übernimmt. Frau Urstein sagt, dass es mit Ella schwierig sei. Sie signalisiere ihr, dass sie nicht sprechen möchte und das akzeptiere sie. Mein Gefühl sagt mir, dass gerade Ella ein Coaching mit ihrem Vater braucht und sie mehr und mehr übersehen wird. Meine Sorge findet keinen Widerhall. Ziel solle es erst einmal sein, die Beziehung zwischen Mike und Lina zu stärken, um zu verhindern, dass Lina irgendwann gar nicht mehr zu Mike will. So beenden wir das Gespräch. Die weiteren Tage vor der Gerichtsverhandlung sind die Hölle. Mike dreht richtig auf. Die letzten zwei Ferienwochen sind Lina und Ella bei mir. Durch das dann wieder einsetzende Wechselmodell sind die Tage so aufgeteilt, dass sie nur einen Tag bei Mike sind und dann wieder fünf Tage bei mir. Am fünften Tag steht die Gerichtsverhandlung an.

Ich bekomme eine E-Mail von Mike.

„Hallo Caja,
mit absoluter Verwunderung erreichte mich dieses Schreiben im Urlaub.
Trotz meiner nachweislich vorliegenden Unterschrift wurde mir die-
ses Schreiben zukommen gelassen.
Ich habe direkt einen Termin bei einem anderen Kieferchirur-
gen vereinbart und diesem bereits alle Unterlagen zukommen
gelassen. Der Termin zur Besprechung ist am 27.08. um 17:30
Uhr. Du kannst gerne zum Besprechungstermin hin zu kommen.
Demnach gehe ich von deiner Einverständnis aus das auch somit
die Behandlung von Lina starten kann.

Gruß
Mike"

Der E-Mail hängt ein Schreiben der Kieferchirurgischen Praxis
an, bei der ich bereits mit Lina war. Aufgrund von „ungeklärten
Sorgerechtsverhältnissen" lehnen sie die weitere Behandlung
von Lina ab.

Der von Mike angegebene Termin ist genau der Tag, an dem
Lina und Ella vor der Gerichtsverhandlung noch bei ihm sind.

In mir brodelt es. Es ist vollkommen gegen unsere Absprache, dass er mit Lina zum Arzt geht und zusätzlich ist der aus-
gewählte Tag auch der erste Schultag für Lina und Ella, plus
dem Wechseltag nach zwei Wochen, die sie bei mir waren.
Natürlich möchte Mike unbedingt noch vor der Gerichtsverhandlung zeigen, dass er bemüht ist und damit die vergangenen
anderthalb Jahre ausblenden, in denen er sich verweigert hat.

Ich schreibe Mike kurz, dass ich es für ungünstig halte, an Linas
erstem Schultag ihr noch diesen Termin zuzumuten, zudem ist es
gegen ihren Wunsch, dass er sie dorthin begleitet. Ich erwähne,
dass es für mich nicht notwendig ist, diesen Termin nun unbedingt vor der Gerichtsverhandlung noch stattfinden zu lassen.

Die Antwort ist kurz und knapp:

„Der Termin ist schon vereinbart und wird stattfinden. Ich denke
dass es für Lina gut ist die Kieferorthopädische Behandlung mög-
lichst bald zu beginnen."

Erst jetzt sehe ich, dass er in beiden E-Mails Frau Licht in Cc gesetzt hat.

Mein Gerechtigkeitssinn schreit. Über ein Jahr macht er uns das Leben schwer und jedes Mal wenn es zum Gespräch mit dem Jugendamt oder einem Gerichtstermin kommt, verändert Mike mit einer Aktion die Gesamtsituation und stellt alles als großes Missverständnis hin.

Auch kann ich kaum aushalten, dass Frau Urstein und ihr Kollege mich in einem unserer Elterngespräche ermahnt hatten, dass ich mich an die Absprachen halten soll und nicht einfach mit Ella zum Kinderarzt gehen kann als sie Haarausfall hatte. Mike nun aber einfach entgegen der Absprache mit Lina zum Arzt geht.

Nun gut, ich versuche, mich durch diese Aktion von Mike nicht aus der Ruhe bringen zu lassen und sage mir, dass genau das sein Ziel ist. Ich habe den Verlauf der vergangenen anderthalb Jahre gut dokumentiert und aus meiner Dokumentation geht klar hervor, dass Mike sich quer stellt. Ich sende diese Dokumentation noch an Frau Licht und versuche Ruhe zu finden.

Am folgenden Morgen ruft Frau Urstein mich an. Sie sagt, dass Mike sie gebeten hat, mit mir Kontakt aufzunehmen, Mike habe einen Termin beim Kieferchirurgen und er habe Sorge, dass ich damit nicht einverstanden bin und negativen Einfluss auf Lina nehmen würde und Lina und er dadurch Streit bekommen könnten.

Ich schildere Frau Urstein kurz die Situation und sage auch, dass genau dieses Thema der Grund für die anstehende Gerichtsverhandlung ist. Sie sagt, sie ruft nun wieder bei Mike an und meldet sich dann noch einmal. Ich bin irritiert. Was soll das jetzt? Normalerweise macht Frau Urstein deutlich, dass sie sich nicht für diese „Zwecke" einspannen lässt, da sie dadurch in den Konflikt der Eltern gerät. Nun gut, für Lina kann ich es nur gut finden, wenn Frau Urstein einen Blick auf die Situation hat und es so vielleicht verhindert werden kann, dass Mike und Lina wieder in Streit geraten.

Ich höre den Rest des Tages nichts von Frau Urstein. Abend um 19:30 Uhr bekomme ich eine SMS von ihr:

„Sorry die späte Störung! Nur kurz als Info, der Termin morgen wird abgesagt. LG und schönen Abend!"

Auch das verwirrt mich. Sage ich das nun Lina, hat Mike schon mit ihr gesprochen?

Keine Antwort mehr. Ich sage Lina, dass der Termin abgesagt wird. Sie ist überrascht und antwortet, dass sie gerade eine SMS von Mike bekommen hat, in der er ihr sagt, dass sie nach der Schule nach Hause kommen soll, der Termin stattfindet, er ihr Vater ist und sie ihm vertrauen soll.

Wir sind verwirrt, aber ich mache Lina Mut die Situation morgen einfach auf sich zukommen zu lassen und dass es ja auch gut sei, den Termin hinter sich zu bringen. Zwei Tage später sind Lina und Ella wieder bei mir.

Ella ist sichtlich aufgewühlt. Sie ist offenbar sauer auf mich, spricht aber nicht mit mir.

Am Nachmittag habe ich mit ihr einen „Fitness-Test". Ich habe Ella bei einem ärztlich begleiteten Ernährungsprogramm für Kinder angemeldet. Zu diesem Programm gehört auch Sport und es werden zu Beginn und am Ende des Jahres Fitness-Tests durchgeführt.

Ich kündige Ella an, dass wir gleich los müssen. Sie sagt wütend zu mir, dass Papa gesagt hat, dass er das mit ihr macht und ich mich nicht an die Absprachen halte. Puh! Ok, ich gehe kurz in mich und merke, dass ich Ella unbedingt aus diesem Konflikt holen möchte. Meine Wut auf Mike versuche ich sie nicht spüren zu lassen, statt dessen sage ich, dass ich es toll finde, dass sie mir das sagt. Ich wusste nicht, dass sie gerne mit Mike dorthin möchte, dass es aber kein Problem ist. Ich würde ihm schreiben und ihn fragen, ob er sie abholen kann. Ella entgegnet, dass sie es schon mit Mike besprochen hat und er zu ihr gesagt hat, dass er Zeit hat, aber ich das wohl nicht erlauben würde. Atmen! Ich schreibe Mike eine kurze E-Mail, dass er Ella gerne begleiten kann und sie um 17:00 Uhr bei mir abholen kann. Ellas Handy klingelt. Mike ist dran. Er spricht kurz mit Ella und bittet sie, den Lautsprecher an zu machen, um mit mir zu sprechen. Mike spricht direkt in scharfem Ton

„Ich habe jetzt keine Zeit. Solche Dinge musst du früher mit mir absprechen. Glaubst du, du kannst einfach frei über meine Zeit verfügen, und ich springe, wenn du willst?" Ich entgegne kurz und ruhig, dass Ella mir sagte, dass er es bereits mit ihr besprochen habe, aber es dann eben nicht ginge. Mike brüllt in den Hörer. Ella sitzt neben mir und ich drücke Mike schnell weg, bevor Ella noch mehr von seiner Wut mithören muss.

Mike ruft erneut auf Ellas Handy an und spricht noch einmal mit Ella. Als sie auflegen, ist Ella trotz des angespannten Telefonates ruhiger und verändert auch ihre Haltung mir gegenüber. Wir können ohne Probleme losfahren und es ist für Ella kein Thema mehr, dass ich sie begleite und nicht Mike.

Nach dem Fitness-Test sitzen wir auf dem Rückweg nach Hause im Auto. Ella fragt, ob sie Mike anrufen kann, er wollte unbedingt, dass sie ihn nachher noch einmal anruft und vom Fitness-Test berichtet. Ella schaltet auf Lautsprecher, berichtet Mike von dem gerade erlebten und fragt dann, ob er nun morgen zum Schulfest kommt oder nicht. Offenbar weiß Mike nicht, dass der Lautsprecher an ist und ich mithören kann. Mike erklärt Ella, dass er es versucht, aber morgen eine Fortbildung hat und nicht weiß, ob er es schafft. Er würde sie morgen noch einmal anrufen. Ella legt auf. Ich frage Ella, ob sie mit Mike schon über das Schulfest gesprochen hat und dass ich mich freue, dass sie Mike gefragt hat, ob er auch kommt. Ella ist es immer wichtig, dass wir beide an besonderen Terminen teilnehmen. Bei offiziellen Stellen sagt Mike immer, dass die Kinder das nicht möchten und mir ist klar, dass Mike nicht auf mich treffen will und die Kinder vorschiebt. Ich freue mich tatsächlich, dass Ella ihm deutlich macht, was sie sich wünscht. Gleichzeitig überlege ich, wie ich damit umgehe. Ich bin mir sehr sicher, dass Mike nicht kommen wird, alleine schon, weil er das vor mir nicht erklären könnte und weil er nicht mit mir gemeinsam auf einer Veranstaltung sein möchte. Ich stelle mir vor, dass Ella die Hoffnung hat, dass er kommt, morgen den ganzen Tag auf seinen Anruf wartet und dann traurig ist. Jedes Eingreifen von mir, würde die Situation nicht besser machen. Mike eine E-Mail zu schreibe und ihn zu bitten, für Ella die

Situation noch heute eindeutig zu machen, kann ich vergessen, das endet nur in einem zu nichts führenden E-Mail Hin und Her.

Am folgenden Tag ruft Ella mehrmals bei Mike an. Wie erwartet ist sie unruhig und möchte gerne wissen, ob Mike zum Schulfest kommt oder nicht. Kurz bevor wir los müssen, klingelt Ellas Handy. Sie ist im Nebenraum, geht aber über Lautsprecher an ihr Handy. Mike fragt direkt „Bist du alleine?" Ella sagt, dass sie in ihr Zimmer geht und ihn an ihre Kopfhörer anschließt, dann hört keiner ihr Telefonat. Nach dem Telefonat kommt Ella in die Küche. Sie ist traurig. Mike hat ihr gesagt, dass er nicht kommt, weil es keine gute Idee ist, dass er und ich aufeinander treffen. Ella laufen die Tränen über die Wangen, und ich kann ihren Schmerz und ihre Enttäuschung so gut verstehen. Ich möchte sie in den Arm nehmen. Ella schreit mich an, dass ich sie in Ruhe lassen soll und geht Türen knallend in ihr Zimmer. Es tut mir so leid, und ich bin so wütend auf Mike. So wütend, weil er Ella das schon zwei Tage vorher hätte sagen können. So wütend, weil er die Kinder immer wieder in Konflikt bringt und keine Möglichketi auslässt, Lina und Ella daran zu erinnern, was für einen schrecklichen Streit ihre Eltern führen. Außerdem meldet sich mein Gerechtigkeitssinn wieder. Im letzten gemeinsamen Gespräch mit Frau Urstein und ihrem Kollegen führte Mike an, dass ich die Kinder immer anrufe und ihnen schreibe, wenn sie bei Mike sind. Das führt dazu, dass die Kinder bei ihm nicht zur Ruhe kommen. Ich habe Lina oder Ella noch kein einziges Mal angerufen, wenn sie bei Mike waren. Dennoch steige ich in die Diskussion nicht ein, weil ich weiß, dass es für die Familienhelfer dann wieder „Aussage gegen Aussage" steht und wir keine Lösung finden. So sage ich nur kurz zu, dass ich Lina und Ella nicht kontaktiere, wenn sie bei Mike sind. Ich merke, dass ich es in Anbetracht der aktuellen Situation kaum aushalte, Frau Urstein und ihrem Kollegen nicht zu sagen, wie die Situation eigentlich ist. Aber wie und mit welchem Ergebnis? Für Außenstehende heize ich dann wohl nur wieder den Konflikt an und spreche schlecht über Mike.

In ähnlicher Art wie die vergangenen Tage verlaufen auch die kommenden Tage bis zur Gerichtsverhandlung. Mike schreibt eine SMS nach der anderen und ruft mehrmals am Tag bei Ella auf dem Handy an. Wir alle drei sind merklich aus der Ruhe gebracht. Dennoch kann ich inzwischen reflektieren, dass genau das offenbar Mikes Ziel ist. Er möchte mich vor der Verhandlung verunsichern und aus der Reserve locken. Ähnlich wie zu Zeiten unserer Beziehung, in denen er mich provoziert hat und wenn es mir irgendwann gereicht hat und ich ihn angeschrieen habe, er lachend vor mir stand und gesagt hat „Siehst du, schau dich doch mal an, du bist doch total Psycho!". Aber das lasse ich nicht mehr mit mir machen. Ich habe meine Fassung im Gespräch mit Frau Urstein und den Kindern verloren, im Gericht wird mir das nicht passieren. Ich sage mir, dass dieses Verhalten nur Mikes eigene Unsicherheit deutlich macht und ich stark bleibe.

Es ist so weit, der Tag der Verhandlung. Mike und ich treffen uns erneut vor dem Familiengericht.

Ich fühle mich den ganzen Morgen erstaunlich ruhig und habe ein sicheres Gefühl, mit meinem neuen Anwalt in das Gerichtsgebäude zu gehen. Mein Anwalt berichtet, dass er den Schriftsatz der Gegenseite noch einmal gelesen hat und er dabei bemerkt hat, dass er voller Widersprüche steckt. Außerdem wird deutlich, dass der Kindsvater eigentlich gerne regelmäßige Treffen mit der Kindsmutter wünscht, obwohl er durchweg betont, dass der Kontakt zwischen Vater und Mutter dringend reduziert werden muss. Ein interessanter Aspekt, der mir so noch nie aufgefallen war. Mein Gefühl bisher war immer, dass Mike überall betont, dass wir gemeinsame Gespräche brauchen, damit er als kooperativ eingeschätzt wird, gleichzeitig aber nicht möchte.

Wir gehen die Steintreppen nach oben in den Gerichtssaal. Mike, sein Anwalt, Frau Licht vom Jugendamt und Herr Krause als Verfahrensbeistand sammeln sich vor dem Raum. Unsere Richterin öffnet die Tür und bittet uns hinein. Wir werden begrüßt und die Richterin schlägt vor, zunächst eine Einschätzung von Frau Licht und Herrn Krause zu bekommen und dann meine Seite als Antragsstellerin zu hören.

Frau Licht berichtet. Sie sieht, dass beide Kinder sehr belastet sind vom Streit der Eltern und dass beide Eltern es nicht schaffen, die Kinder aus dem Konflikt zu halten. Frau Licht hat im Vorfeld der Verhandlung auch mit der Familienhilfe telefoniert. Die Familienhilfe teilt die Einschätzung.

Herr Krause berichtet von seinem Besuch bei Mike und bei mir. Die Richterin unterbricht ihn kurz, um lobend zu erwähnen, dass er in beiden Haushalten war und mit den Kindern gesprochen hat, was nicht selbstverständlich ist. Herr Krause schildert, dass Lina bei seinem Besuch bei Mike nur widerwillig und mit einer dicken Wolldecke umwickelt zum Gespräch mit ihm gekommen ist. Die Temperaturen waren hochsommerlich und Lina suchte den Schutz der Decke. Er teilte mit, dass die Decke etwas locker gelassen wurde, sobald es für Lina um unverfängliche Themen wie Schule oder Ferien ging. Sobald das Gespräch auf die Eltern kam, zog sie die Decke wieder fest um sich.

Dennoch sieht Herr Krause beide Eltern gleichermaßen am Konflikt beteiligt und beide Eltern ziehen die Kinder in den Konflikt hinein.

Die Richterin bedankt sich bei den beiden und sagt, sie selbst sehe, dass die Kommunikation zwischen den Eltern auch durch Beratungen nicht zu verbessern ist und sie aktuell keine Lösung im Kopf habe. Sie möchte beginnen mit dem Wechselmodell. Sie sieht, dass dies auf keinen Fall abgeändert werden sollte, wir es aber dahingehend verändern sollten, dass die Wechsel wöchentlich stattfinden, so dass die Kinder unter der Woche weniger wechseln müssen. Mein Anwalt fragt mich kurz, ob das für mich denkbar ist. Er schlägt vor, dass wir dies in einem Zwischenvergleich vereinbaren, so dass es in einem halben Jahr noch einmal überprüft werden kann. Ich bin einverstanden. Mikes Gesichtszüge entspannen sich und man erkennt ein leichtes, zufriedenes Lächeln in seinem Gesicht.

Nun möchte die Richterin über die Kieferorthopädische Behandlung von Lina sprechen. Sie sagt, die Gesundheitsfürsorge auf die Mutter zu übertragen, würde keinen Sinn machen. Der Vater würde dadurch entrechtet werden und „könnte sich auf den Schlips getreten fühlen, so dass der elterliche Konflikt nur weiter angeheizt werden würde", so die Richterin wörtlich. Sie wendet sich an mich und fragt „Was bieten Sie dem Vater?". Ich bin total überrumpelt und fühle mich wie auf einem Basar. Worum geht es denn hier? Mein Anwalt greift ein und schlägt vor, dass wir mit Vollmachten arbeiten können. Mikes Anwalt greift ein. Er schlägt vor, dass alles bleibt wie es ist, Vater und Mutter sich aber einmal wöchentlich zusammensetzen können, um die Themen der Kinder zu besprechen und dort auch diese Dinge klären könnten. Frau Licht, Herr Krause und die Richterin fangen gleichzeitig an zu lachen. Alle im Raum sind sich einig, dass dieser Vorschlag in keinem Fall funktionieren kann und lehnen ihn direkt ab. Nach einer halben Stunde Hin und Her, sind Frau Licht und die Richterin sich einig. Damit die Gerechtigkeit zwischen den Eltern bestehen bleibt, werden die einzelnen Teile der Gesundheitsfürsorge aufgeteilt. Entgegen dem ausdrücklichen Wunsch der Mädchen, dass sie nur mit ihrer Mutter zum Arzt gehen möchten, wird Mike der Bereich „Kieferorthopädie" und „Zahnarzt" übertragen. Alle anderen Bereiche übernimmt die Mutter, da die Mädchen sich im Beginn der Pubertät befinden und alle anderen Themen lieber mit ihrer Mutter besprechen möchten.

Ich erkenne, dass ich keine andere Chance habe, als dem zuzustimmen, denn es wurde bereits angemerkt, dass man sich einverstanden zeigen solle, ansonsten wird alles dem jeweils anderen Elternteil übertragen. Ich wende daher nur noch ein, dass ich möchte, dass schriftlich festgehalten wird, dass Mike nicht zu einem anderen Zahnarzt wechseln darf. Ich gehe mit beiden Kindern seit Geburt zu meiner Zahnärztin, sie vertrauen ihr und es wäre nicht in ihrem Sinne, nun zu einem anderen Zahnarzt zu gehen. Mike tut so, als sei das selbstverständlich und wendet ein, dass dies nicht schriftlich erklärt werden müsse. Ich spreche Mike direkt an und sage, dass er mir doch vor zwei Wochen erst per E-Mail mitgeteilt hat, dass ich den Zahnarzt wechseln solle, da er unsere Zahnärztin für inkompetent hält. Mike erklärt für alle, dass dies gar nicht stimme, er würde ja selbst weiter zur normalen Vorsorge zu unserer Zahnärztin gehen, hat aber für Besonderheiten nun eine neue Praxis. Die Richterin fragt ihn direkt, ob er mit Lina und Ella also sicher bei unserer Zahnärztin bleiben würde. Mike windet sich und sagt dann, dass er das grundsätzlich tun würde, aber wenn er merkt, sie kommt an die Grenzen ihrer Kompetenz, würde er wechseln. Für alle Beteiligten im Raum ist offenbar deutlich, dass diese Aussage bedeutet, dass er den Zahnarzt wechseln würde und ein Raunen aller Beteiligten füllt den Saal. Die Richterin zückt sogleich ihr Diktiergerät und hält fest, dass Mike die Zahnärztlichen Vorsorgeuntersuchungen übertragen bekommt, unter der Voraussetzung, dass er mit den Mädchen bei unserer Zahnärztin bleibt. Ich bin froh, hartnäckig geblieben zu sein, auch wenn zwischenzeitlich alle Beteiligten genervt von meiner Beharrlichkeit waren. Mir ist klar, alles was nicht schriftlich festgehalten wird, zählt für Mike am Ende nicht.

Mikes Anwalt führt weiter an, dass es ganz wichtig ist, dass die Kindsmutter keinen Kontakt zu den Kindern aufnimmt, wenn die Kinder beim Vater sind und er bittet auch hier um schriftliche Aufnahme in das Protokoll. Die Richterin, Frau Licht und Herr Krause halten das für eine gute Idee. Sie ergänzen, dass die Kinder sehr wohl Kontakt zum jeweils anderen Elternteil aufnehmen dürfen. Ich wende ein, dass Herr Krause zuvor von einem Loyalitätskonflikt sprach und ich an dieser Stelle betonen möchte, dass der Kindsvater zwar immer betont, dass die Kinder jederzeit Kontakt zu mir aufnehmen dürfen, dies aber faktisch nicht geschieht, weil er den Kindern sagt, dass sie dies nur in seiner Anwesenheit tun dürfen, was dazu führt, dass sie es nicht tun. Ich erkläre, dass umgekehrt reger Kontakt zwischen den Kindern und Mike besteht, wenn die Kinder bei mir sind und ich das unterstütze. Meine Ausführungen finden keinen Anklang. Die Richterin diktiert, dass beide Elternteile keinen Kontakt zu den Kindern aufnehmen dürfen, die Kinder dies von selbst aber jederzeit tun dürfen.

Ich frage mich, wie ein Wechselmodell unter diesen Bedingungen funktionieren soll, resigniere aber, denn eigentlich hat diese Ergänzung für mich keinerlei Konsequenzen, da ich die Kinder ohnehin nicht kontaktiere, wenn sie bei Mike sind. Für mich kann es nur mehr Ruhe bringen, da

Mike nun die Kontaktaufnahmen ebenfalls unterlassen muss. Die Richterin protokolliert in ihr Diktiergerät. Abschließend sagt sie, dass wir uns diese Neuerungen nun anschauen und uns in einem halben Jahr wieder sehen würden. Eins möchte sie noch einmal betonen „Wir dürfen den Kindern das Wechselmodell nicht nehmen!".

Mike scheint hoch zufrieden mit dem Ausgang der Verhandlung und verabschiedet sich mit einem Siegerlächeln von mir. Alle anderen Beteiligten wirken eher etwas gedämpft, da sich im Raum alle einig waren, dass es keine optimale Lösung für die Kinder gibt und wir nicht wirklich weiter gekommen sind.

Obwohl es für mich absolut unverständlich ist, wie es sein kann, dass Mike 1,5 Jahre eine notwendige, medizinische Maßnahme wie die Zahnspange verweigert ohne jegliche Konsequenz und das Ergebnis ist, dass er diesen Verantwortungsbereich nun übertragen bekommen hat, fühle ich mich seltsam leicht.

Es braucht ein paar Tage, bis ich mein Gefühl der Erleichterung verstehen kann. Mir ist in dieser Verhandlung deutlich geworden, dass es vollkommen irrelevant ist, wie ich mich verhalte. Weder Mike bekommt für seine Machtspiele auf dem Rücken der Kinder einen Rüffel, noch ich werde gelobt für mein stets kooperatives Verhalten. Es zählen weder Fakten noch Beweise vor Gericht. Wie wer sich in der Vergangenheit verhalten hat, interessiert dort niemanden.

Ich erkenne, welch befreiende Konsequenz dies für mich hat. Ich fühlte mich in den vergangenen Jahren trotz der Trennung von Mike immer abhängig von ihm. Mein Gefühl war, dass es mir und den Kindern nur gut gehen kann, wenn Mike mit mir kooperiert. Das ständige blockieren und verweigern von Mike kostete mich viel Energie. Ich war immer darauf bedacht, mich korrekt zu verhalten, ihn über alles zu informieren, gut zu kommunizieren. Der Frust, dass er dies nicht tat und in Gesprächen mit Dritten sogar so darstellte, als würde er dies immer tun, ich hingegen wäre diejenige, die sich unkooperativ zeigt, raubte mir unglaublich viel Energie.

Durch die Verhandlung habe ich erkannt, dass es eigentlich egal ist, was ich tue oder eben auch nicht tue. Auch bin ich nicht

abhängig von Mike. Ob er mich zukünftig über die Kieferorthopädische Behandlung von Lina informiert oder nicht, ändert in
meinem Leben nichts. Wenn ich etwas dringend wissen möchte,
kann ich in der Praxis anrufen und mich informieren. Wenn ich
Informationen vom Elternabend brauche, auf dem Mike war,
muss ich nicht warten, bis er mir diese per E-Mail zukommen
lässt oder wie so oft, eben nicht. Ich kann mich direkt an die
anderen Eltern wenden oder selbst gemeinsam mit Mike hin-
gehen. Diese neue Erkenntnis gibt mir ein unglaubliches Gefühl
der Freiheit. Für Lina und Ella wird sich alleine durch meine
Einstellung etwas verbessern, da sie nicht mehr spüren, dass
ich unglücklich mit der Situation bin. Ich kann ihnen bei mir
den Raum geben, dass der elterliche Konflikt hier keine Rolle
spielt. Mike kann ich ohnehin nicht verändern und darauf, wie
er die Zeit mit Lina und Ella gestaltet, habe ich keinen Einfluss.

Die Familienhelfer sind im regelmäßigen Kontakt mit Mike,
und ich muss mich darauf verlassen, wenn es für Lina und Ella
ganz schlimm bei Mike wird, werden sie sich äußern. Ich übe mich
fortan in Akzeptanz all dessen, was ich nicht ändern kann und
befreie mich nach und nach von dem Gefühl der Abhängigkeit.

Lina und Ella kann ich nur stark machen und für sie da sein.
Die Zeit, die sie mit mir verbringen, gestalte ich so konfliktfrei,
wie ich nur kann, und spreche nicht schlecht über ihren Vater,
der immerhin 50 Prozent ihrer Identität ausmacht. Ich habe 13
Jahre gebraucht, um zu erkennen, wer Mike ist. Lina und Ella
werden wohl auch noch Zeit brauchen, Zeit, in der ich da sein
und sie auf ihrem eigenen Weg begleiten werde. Mit viel Liebe.
Mehr kann ich nicht tun.

Epilog

Ich möchte von einem Fall erzählen, den ich selbst drei Jahre vor meiner Trennung von Mike beruflich begleitet habe. Ein sechsjähriges Mädchen berichtete damals ihrer Erzieherin wiederholt davon, dass ihr Bruder ihr an der Scheide weh tue. Zuvor war das Mädchen schon durch häufige Blasenentzündungen und Verletzungen an der Scheide aufgefallen. Nach vielen Beratungen, dem Einschalten des Kinderarztes, einer Kinderschutzfachkraft, einer Beratungsstelle gegen sexuellen Missbrauch an Mädchen und Frauen und auch des Jugendamtes, war klar, dass das Mädchen seit Jahren von ihrem 9 Jahre älteren Bruder missbraucht wird.

Das Helfersystem war unsicher, und ich saß in vielen Gesprächen mit der Familie und dem Jugendamt zusammen. Der große Bruder wurde an eine Beratungsstelle für Männer verwiesen, und es wurde als erste Maßnahme darauf geachtet, dass Bruder und Schwester nicht mehr alleine zu Hause waren. Als nächsten Schritt wurde über eine Fremdunterbringung des Bruders nachgedacht. Nach wenigen Wochen rief mich das Jugendamt an und teilte mir mit, dass das Mädchen in einem Gespräch gesagt habe, sie hätte sich alles nur ausgedacht und das Jugendamt würde nun ihre Hilfe in der Familie beenden. Ich war geschockt, ich konnte das Jugendamt nicht dazu bewegen, der Familie weiterhin Unterstützung zukommen zu lassen.

Für mich lag auf der Hand: Das Mädchen hatte das Gefühl bekommen, dass durch sie nun die Familie zerstört wird und sich entschieden, die Situation des Missbrauchs weiter auszuhalten, anstatt schuld daran zu sein, dass die Familie zerbricht.

Die Helfer waren mit der Situation überfordert, und obwohl die Fakten inklusive ärztlicher und psychologischer Atteste auf der Hand lagen, wusste das System keine gute Lösung. Das Wort des sechsjährigen Mädchens, dass sie sich alles nur ausgedacht hätte, wog mehr als die ärztliche, psychologische und pädagogische Einschätzung und voller Erleichterung zogen sich die Helfer zurück.

In den vergangenen drei Jahren konnte ich das System von der anderen Seite kennenlernen und kann einige Stellen benennen, die das System durchlässig machen.

Es geht um zwei wichtige Aspekte: Kinderschutz und Gewalt gegen Frauen.

Im Jahr 2005 wurde das SGB VIII durch den Paragraphen 8a, dem sogenannten Kinderschutz-Paragraphen, erweitert. Dieser soll Kinder und Familien besser schützen und unterstützen. Zusätzlich wurde die „insofern erfahrene Fachkraft" entwickelt, eine speziell im Kinderschutz ausgebildete Fachkraft, welche pädagogischen Teams helfen soll, eine Kindeswohlgefährdung besser einzuschätzen. Fortbildungsinitiativen und Kampagnen wurden gestartet.

Das Thema Kinderschutz ist in aller Munde und Fachkräfte haben inzwischen mehr theoretisches Wissen. Im Kinderschutz geht man davon aus, dass Kinder sich mehrmals jemandem anvertrauen müssen, bis gehandelt wird. Bis ein Kind sich überhaupt jemandem anvertraut, muss der Leidensdruck enorm hoch sein. In der Regel suchen die Kinder zunächst die Schuld bei sich und sind auch bei hohem Leidensdruck ihren Eltern gegenüber noch sehr loyal. Das lässt die Konsequenz zu, dass die Fachkräfte entscheiden müssen, was das Beste für ein Kind ist.

Und hier kommen wir zum ersten Problem: Das Kinderschutzzentrum Berlin schreibt:

„Einerseits ist der Begriff „Kindeswohl" Entscheidungsgrundlage in familiengerichtlichen Prozessen, andererseits ist er eine Generalklausel und bedarf immer der Beurteilung im Einzelfall."

Die Beurteilung des Einzelfalls liegt also in den Händen der Fachkräfte. Viele Fachkräfte kommen zu vielen unterschiedlichen

Meinungen. So kann sich niemand davon freisprechen, dass bei aller Professionalität auch immer die eigenen Erfahrungen und die eigene Sozialisation bei der fachlichen Einschätzung eine Rolle spielen. Die „Beurteilung im Einzelfall" hängt also maßgeblich davon ab, wer die Beurteilung vornimmt. Schnell bemerken die Fachkräfte, dass ihr theoretisches Wissen in der Praxis an die Grenzen stößt, da jeder Einzelfall anders ist. Das Instrument der Kindesbefragung wird hinzugezogen. Und hier kann eine Fachkraft zwei Wege einschlagen: Entweder sie stützt sich voll und ganz auf die Aussage und den Wunsch des Kindes, ohne genau zu wissen, wie sehr diese Aussagen geprägt sind von Loyalitätskonflikten. Unter Umständen wiegt dann der Wunsch des Kindes mehr als die Fakten einer Kindeswohlgefährdung. Oder die Fachkraft entscheidet sich dafür, dass die Aussage und der Wille des Kindes ein Zeichen für Manipulation und Loyalitätskonflikt sind und empfiehlt, dem Wunsch des Kindes gerade nicht zu entsprechen. Auch hierbei kann es zu Fehlentscheidungen kommen, weil das Kind sich beispielsweise aus Angst vor einem Elternteil gerade für diesen Elternteil ausspricht und weiterhin entwicklungsgefährdenden Umständen ausgesetzt ist.

Das zweite Problem ist das der sogenannten „Übertragungen". Sind zwei Parteien im Konflikt, gerät die einschreitende Person automatisch zwischen die Fronten. Fachkräfte sind sich dieser Dynamik bewusst und gerade bei streitenden Paaren achten sie darauf, nicht auch in den Loyalitätskonflikt gezogen zu werden. Bei Mediatoren gehört die „Unparteilichkeit", also die Neutralität beiden Gesprächspartnern gegenüber, zum wichtigsten Arbeitsinstrument. Aber auch andere Fachkräfte berufen sich auf ihre Unparteilichkeit, um professionell handeln zu können. In hochstrittigen Familienkonflikten kann dies zunächst sehr sinnvoll sein, um sich ein Bild von der Situation zu machen. Allerdings vergessen viele Fachkräfte dabei, dass sie einer Seite gegenüber aber unbedingt und bedingungslos parteiisch gegenüber sein sollten, und das sind die beteiligten Kinder. Häufig bemühen sich die Fachkräfte jedoch so angestrengt, sich nicht in den Loyalitätskonflikt der Eltern einzumischen, dass sie beiden Eltern unbedingt gleiche Rechte und Pflichten zusprechen möchten. Im Fachjargon nennt sich dies „Parität". Was dabei übersehen wird, sind die Kinder. Kinder im Elternkonflikt brauchen eine klare Positionierung von außen, und ihnen ist nicht geholfen, wenn Fachkräfte sich um paritätische Gerechtigkeit zwischen ihren Eltern bemühen. Kinder stehen selbst im Loyalitätskonflikt. Nicht selten geben sie sich die Schuld dafür und möchten, dass es gerecht für ihre Eltern abläuft, sie selbst sind bereit, dafür eigene Bedürfnisse zurückzustecken.

Das dritte Problem, welches dem zweiten Problem ähnelt, ist der Glaubenssatz in den Köpfen vieler Menschen: „Steck deine Nase nicht in fremde Angelegenheiten". Das meint: Neben den involvierten Fachkräften gibt es eine Menge Personen, die sich ebenfalls im Umfeld befinden. Ich nenne meine Geschichte als Beispiel. Nachdem ich ausgezogen bin, frage ich mich immer öfter, warum die Nachbarn von Mike und mir nie gehandelt haben. Nur einmal, ganz zu Beginn unserer Beziehung im Haus von Mike, haben Nachbarn anonym die Polizei gerufen. Danach passierte das nie wieder. Auch jetzt, wo Mike selbst sagt, dass er laute und körperliche Auseinandersetzungen mit den Kindern habe, fühlt sich offenbar kein Nachbar aufgefordert, zu handeln. Hier greifen die Kampagnen des Kinderschutzes offenbar noch nicht.

Auch die Kieferorthopäden, Psychologen und Kinderärzte machen mir gegenüber immer deutlich, dass sie sich nicht einmischen wollen. Selbst neutrale Stellungnahmen können nicht ausgestellt werden. Die Krankenkasse versteckt sich hinter dem Datenschutz. So ist es kaum möglich, dass der erste und wichtigste Schritt im Kinderschutz getan wird: Das nahe Umfeld der Kinder mischt sich nicht ein und so bekommen die Behörden entweder gar nichts davon mit, wenn Kinder gefährdet sind, oder sie bekommen nicht genug Informationen und können nicht handeln.

In meinem Fall gab es drei mutige Personen, die sich an meine Seite gestellt haben, um den Kindern zu helfen: Die Polizistin, die meine Anzeige gegen Mike aufgenommen hat, Ellas Erzieherin, die eine Aussage bei der Polizei gemacht hat, und meine Zahnärztin, die mir immer wieder schriftlich bestätigte, dass Lina dringend eine Behandlung benötige.

Das vierte Problem ist, dass psychische Gewalt nicht einschätzbar ist. Im Vergleich zu physischem Missbrauch wird psychischer Missbrauch nicht sichtbar und ist damit nicht belegbar. Fachkräfte tun sich sogar schwer beim Erkennen von den Auswirkungen physischer Gewalt. Blaue Flecken oder Wunden können darauf hindeuten, müssen aber auch kein Hinweis sein. Psychische Gewalt zu erkennen ist aber von außen kaum möglich. Und wenn Fachkräfte Hinweise haben, dass Kinder unter psychischer Gewalt leiden, fällt es ihnen aus Mangel an handfesten Beweisen noch schwerer, zu handeln. Lina sagte mir, dass sie zu ihrem Vater gesagt habe, dass sie zu mir ziehen will, weil sie es nicht mehr aushalte. Mike antwortete, dass sie das gerne tun könne, sie sich aber überlegen solle, ob sie verantwortlich sein möchte dafür, dass ihre Mutter dann gewonnen habe. Sie solle erst einmal darüber nachdenken, was er alles für sie und Ella aufgegeben habe, bevor sie diese Entscheidung treffe. Lilli Mertes schreibt in ihrem Buch „Psychische Gewalt in der Eltern-Kind-Beziehung" genau das:

„Eine weitere Form ist die absichtliche Abhängigmachung der Kinder von seinen Eltern und das Erzeugen von Schuldgefühlen in Kindern, bezogen auf bestimmte Gefühle und Wünsche oder für Gegebenheiten und Ereignisse, an denen die Kinder tatsächlich keine Schuld tragen. Es sind Sätze wie ,Ich habe wegen dir so viel aufgegeben, die Liebe, meinen Beruf, das Leben.'"

Auch der Vorfall mit Ella, die aus Angst in ihr Zimmer pinkelt und dann als Bestrafung zusehen muss, wie ihr Zimmer gewischt wird, fällt ganz klar unter psychische Gewalt. Die Fachkräfte reagierten nicht. Warum? Das kann ich nur mutmaßen. Glauben sie mir nicht, sind sie überfordert, haben sie

Angst, sich auf meine Seite zu stellen, weil sie auch hier verkennen, dass sie sich an die Seite der Kinder stellen würden?

Häusliche Gewalt stellt das fünfte Problem dar. Nach der Veröffentlichung der Statistiken zur häuslichen Gewalt gibt die Politik zu verstehen, dass sie häusliche Gewalt bekämpfen möchte und investiert Gelder in den Ausbau von Frauenhäusern und Kampagnen. Leider greifen hier ähnliche Mechanismen wie beim Kinderschutz. Häusliche Gewalt ist zunächst einmal eine „Privatsache". Die Beweislage ist schwer. Selbst wenn Frauen offensichtliche Verletzungen haben, gibt es in den meisten Fällen keine Zeugen. Die Gewalttäter sagen häufig aus, dass die Frau sich die Verletzungen selbst zugezogen habe, denn immerhin sei sie psychisch krank. Oder die Verletzungen werden bagatellisiert. Bis zu dem Zeitpunkt, wo eine Frau in letzter Instanz von ihrem Partner oder Ex-Partner umgebracht wird. Dann ist der Aufschrei in der Bevölkerung groß. In der Regel gab es vor dem Mord Anzeichen, welche nicht selten bei der Polizei auch aktenkundig waren. In den Medien wird der Mord an einer Frau meistens durch den Ausdruck „Beziehungsdrama" heruntergespielt.

Ebenso wie Kinder brauchen Frauen häufig mehrere Anläufe, um die Gewalt öffentlich zu machen. Und trotz der gesellschaftlichen Aufklärung erfahren die Frauen in den seltensten Fällen Unterstützung, sondern müssen sich erst einmal mühsam Gehör verschaffen. Frauen brauchen viel Mut und Rückendeckung, bis sie den Schritt zur Anzeige wagen. In den meisten Fällen verlaufen diese im Sand und der Täter nutzt dies, um die Frau abermals zu erniedrigen.

Wie in meinem Fall wird die häusliche Gewalt gerne auch von Fachkräften bagatellisiert. Auf meinem Weg ist mir keine Fachkraft begegnet, die mich bestärkt hat. Ich hatte immer das Gefühl, ich muss mich erklären, mir wird nicht wirklich geglaubt und ich dramatisiere. Auch Mike selbst ließ keine Gelegenheit aus, um zu erwähnen, dass das Verfahren eingestellt wurde. Dass es nur unter Auflage eingestellt wurde, lässt er unter den Tisch fallen. Unterstützung erhielt ich ausschließlich von der Polizei und von der Bestärkungsstelle für Frauen bei häuslicher Gewalt unserer Stadt. Die Bestärkungsstelle war es auch, die mir den Mechanismus erklärte, der greift: dass es Männern bei der Gewalt um Macht geht. Entziehen sich die Frauen, wird die Macht über die Kinder ausgetragen, denn hier können sie die Frauen weiter an ihrer verwundbarsten Stelle treffen. Psychische Gewalt ist als Gewalt gegen Frauen noch viel weniger anerkannt als die psychische Gewalt gegen Kinder.

Der Satz, den sich Frauen nach häuslicher Gewalt im Sorgerechtsstreit wohl am häufigsten anhören müssen, ist: „Männer, die ihre Frauen schlagen, sind noch lange keine schlechten Väter." Nicht selten wird den Frauen Bindungsintoleranz vorgeworfen, wenn sie sich dafür stark machen, dass ihre Kinder Schutz vor dem gewalttätigen Ehemann bekommen sollen.

Wir stehen noch vor einem langen Weg in Deutschland.

Ich werde ihn gehen, aus Liebe zu Lina und Ella, aus Liebe zu mir und meiner Solidarität mit allen Frauen und Kindern dieser Welt, die für ihre Rechte kämpfen müssen.

Danksagungen

Neben Mats und meinen Freundinnen gibt es einige Frauen, die mich auf meinem Weg unterstützt und bestärkt haben.
Ohne diese Frauen hätte ich wohl irgendwann meinen Mut verloren. Daher möchte ich ihnen noch einmal meinen ausdrücklichen Dank aussprechen:

Danke an Frau Schönefeld von der Polizei, die meine Anzeige gegen Mike aufgenommen hat. Bei meiner mehrstündigen Vernehmung hatte ich erstmalig das Gefühl, dass mir jemand glaubt und mich ernst nimmt.

Danke an meine Therapeutin Frau Schwalbe. Sie hat mich über den gesamten Zeitraum begleitet und gestärkt.

Danke an die Bestärkungsstelle für Frauen bei häuslicher Gewalt. Hier habe ich kontinuierlich Zuspruch und Beratungen bekommen.

Danke an die Erzieherin von Ella. Sie hat nicht nur Ella gestärkt und mir Mut gemacht, sie ist auch zur Polizei gegangen und hat meine Anzeige bekräftigt und eine eigene Aussage gemacht.